新潮文庫

ブラック・ジャック・キッド

久保寺健彦著

ブラック・ジャック・キッド

手塚治虫とＢ・Ｊに

患者はどこだ！

ブラック・ジャックになりたかった。

ブラック・ジャックのように、じゃなく、本当にブラック・ジャックになりたかったのだ。

雑誌で毎週読み、単行本が出るたびに買いそろえ、読みなおした。全エピソードを暗記するまで読んだ。江淵《えぶち》小学校時代、おれのあだ名はアッチョンだった。織田《おだ》和也《かずや》というおれの名前には、アッチョンのアの字も含まれていない。なのになぜそんなあだ名がついたかと言えば、アッチョンブリケというピノコの口癖を、一時期しきりに真似《まね》ていたからだ。おれはピノコになりたかったわけじゃないが、ブラック・ジャックを連想させるなにかにつながっているのがうれしかったので、異を唱えなかった。

ブラック・ジャックのことが頭からはなれないせいで、おれはずいぶんおかしなふるまいをした。

まず、ブラック・ジャックと同じ格好をしようとした。ブラック・ジャックは黒ずくめだ。黒いスーツに黒いレインコートを羽織り、白いワイシャツに黒いボーロータイをしめている。おれは母親に協力してもらって、このスタイルを忠実に模倣しようとした。スーツはどうせすぐ着られなくなるから、という理由で却下され、ブラックジーンズと白いボタンダウンシャツを買い与えられた。ボーロータイは黒いリボンで代用した。黒いレインコートは入手するのに苦労した。スーパーや商店街、都心のデパートも回ってみたが、イメージどおりのものは見つからなかった。仕方なく、最後に入ったデパートのスポーツ用品売場で、婦人用の黒いロングコートを買ってもらった。ナイロン製で、裏はメッシュ。余計なフードがついており、これは襟の裏に収納すれば我慢できたけれど、胸から袖口《そでぐち》にかけて、蛍光ラインが入っているのは許せなかった。家に帰ってから、これを黒いマジックペンで塗りつぶした。細々した不満はあるものの、すべてを装着すると、遠目にはなんとかそれっぽく見えた。ただ、婦人用のSサイズにもかかわらず、ロングコートは引きずるほど長かった。

翌日、おれはその服装に身を包み、意気揚々と登校した。友だちはみんな感心してくれた。チャイムとともに教室へ入ってきた担任の女性教師は、おれを見て一瞬驚いたような顔をしたが、なにも言わなかった。おれはひたすら得意だったから、もし注意されたりしたら面食らっただろう。

遊ぶときももちろんその格好だった。ブラック・ジャックはコートの袖を通さず、肩に羽織る。おれも真似をしたが、少し動くとズルッと脱げてしまうので、胸もとのスナップボタンをひとつとめるようにした。走り回ったり飛び回ったりしていると、コートの裾《すそ》を踏んづけてしばしば転んだ。自転車に乗っていてチェーンが裾を巻きこんだときは、横転して道路に投げ出され、危うく車に轢《ひ》かれかけた。そういうのを避けるために、自分の足にせよ自転車にせよ、おれは常に全速力で移動することを心がけるようになった。忍者は八メートル近くある布を襟につけ、それがたなびいて地面につかないスピードで走る訓練をしたという。偶然似たようなことをしていたわけで、その成果でおれはずいぶん足が速くなるのだが、それはまだあとの話。

白いボタンダウンシャツは汚れやすいから、かわりに黒いセーターを着るようになり、季節が移り気温が上昇するにつれて、黒いカットソーになり、Tシャツになった。それはいいとして、夏になってもロングコートを着続けたせいで、背中一面にあせもができてしまい、とうとう母親に着用を禁じられたのは痛かった。泣いて抵抗したが、無駄だった。コートは秋になってから、と厳命されたおれは、夏の間中、武装を解かれたようで心もとなかった。

服装だけじゃなく、髪型も似せた。ブラック・ジャックの頭は、黒と白が入りまじった、片目をおおい隠す長髪だ。おれは行きつけの床屋に本を持っていき、表紙のブラック・ジャックを示した。こういう風にして、と言ったら、店のおじさんは本を手にとり、難しい顔をした。

「どうなってんだこれ、長くてギザギザで。あ、うしろっかわもこんな跳ねてんのか。不思議な頭だなあ」

おじさんはおれに本を返し、真顔で言った。

「白髪にすんのは無理だよ」

「知ってる」

自分のことを棚にあげて、なに言ってんだ、と呆《あき》れた。そのままじゃ長さが足りなかったので、髪を伸ばしっぱなしにすることになり、カットしてもらったのは、その年の冬。全体にシャギーを入れ、片目をおおい隠してうしろ髪を跳ねさせ、ヘアリキッドで形を決めてヘアスプレーで固定すると、驚くほど見事なできばえだった。以後、おれはヘアリキッドとヘアスプレーを買い、練習を積んで、自分でこの髪型をつくれるようになった。三年生でヘアリキッドとヘアスプレーを常用していたのは、学校でおれしかいなかっただろう。

おれはさらに完璧《かんぺき》を期し、ブラック・ジャックのトレードマークとも言うべき、顔の大きな傷跡を再現しようとした。拾ってきた先のとがったアルミ片で、額からあごにかけて斜めに引っかき傷をつけたのだ。夕食のとき母親に見つかり、こっぴどく叱《しか》られた。あせもの件を始め、ブラック・ジャックがらみのなにやかやで、おれは母親に三回叱られたが、これがその二回目だ。

ふだんの行動にも、ブラック・ジャックの影響は色濃く反映した。

おれの住んでいた町には団地が多く、特に四丁目の公団は、江淵小に近いせいで格好の遊び場だった。敷地は正確な長方形で、金網に囲まれた外周が一キロ近く、団地が三五棟、公園が七つ、グラウンドが二つあった。

ある日おれは、構内の北側入り口を食道、南側出口を肛門《こうもん》とし、敷地全体を人体に見立てて行なう、鬼ごっこをしようと提案した。四、五人いた友だちは、なんのことだかわからないようだったが、とりあえず賛成してくれた。鬼と追われる役、半々にわかれた。おれはオン君と一緒に追われる役に回った。おれの脳内では、図鑑でなじみの内臓を露呈した人体が、数百メートルのサイズに引き伸ばされ、公団に重なる形でイメージされていた。あちこちに身をひそめながら、ここは胆嚢《たんのう》、とか、ここは膵《すい》臓《ぞう》、とか想像して楽しみ、実際そう口にもしたが、オン君はちっとも乗ってきてくれなかった。まあ、あたり前だろう。広すぎてだれもつかまらないので、この遊びはほどなく中断された。その後《ご》も同じ遊びをしようと提案したことはあったけれど、だれも賛同してくれなかった。

食事中のふるまいは、父親の不興を買った。食卓に魚がのぼるたび、おれは居ずまいを正した。両手に持った箸《はし》の先端へ人さし指を添え、慎重な手つきで身をほぐしていく。解剖しているつもりだったのだ。きれいに身をとり去ると、白い骨格が露《あら》わになる。背骨をまん中あたりでねじ切り、上下に引っ張ると、細いタコ糸みたいなものがむき出しになる。

「神経だ」

おれは毎回重々しい口調で言った。姿形は違うのに、同じところに同じものがあるのは、なんべん確認しても新鮮だった。食べものをそんな風に扱うなよ、とときどき父親は口にし、口にしないときも不快そうな気配は感じられたが、それ以上きびしく叱られなかったために、おれはこの儀式をやめなかった。母親のとりなしばかりじゃなく、子どもの知的好奇心を押さえつけては、という配慮が働いていたのかもしれない。

人の家に行っても、おれはこの儀式に固執した。父親はさすがにいつもよりきびしくたしなめたが、家の主人はおもしろがっていた。その人は太田《おおた》先生といい、おれの家から車で一時間くらいはなれた、総合病院の院長だった。日曜日になると、おれはよく父親に連れられて太田先生の病院へ行った。その時期、父親は太田先生に出資してもらって事業を立ちあげようとしており、その関係で頻繁に通っていたらしいのだが、当時のおれはそんな事情を知らなかった。

おれは太田先生が苦手だった。ひげ面《づら》の大柄な人で、しょっちゅう体を揺らして豪快な笑い声をあげた。病院へ行くと、決まって昼食をご馳走《ちそう》になったが、太田先生はおれに大量に食べさせたがった。食堂は病院の四階にあり、三方の壁の窓ガラスから、畑だらけの周囲の風景が一望できた。テーブルにところせましと並べられた、皿の数々を見るだけでげんなりした。一人っ子のおれは、食事に関して無理強いされた経験がなかったけれど、ここではそういうわけにはいかなかった。太田先生の奥さんがつくる料理はどれもおいしく、初めは快調に食べ進められるものの、そのうち満腹になってくる。食べるスピードが鈍り出すと、太田先生の恫喝《どうかつ》が始まる。

「もっと食え。どんどん食え。腹いっぱい食わないと、大きくなれないぞ。なんだ、そんな小さななりして。食わないとそこの窓から、放り出すぞ」

酒を飲み赤らんだ顔に、太田先生はあくまで真面目《まじめ》な表情を浮かべている。窓から放り出すという言葉を、おれは信じた。やっと食事から放免されるときには、いつも泣き出す寸前だった。

しかしその日、食卓に焼き魚がのぼっているのを見て、おれは浮き立った。ブラック・ジャックみたいな天才じゃないにしても、太田先生もれっきとした医者だ。神経露呈をきっかけに、専門的な話ができるんじゃないかと考えたのだ。

「やめなさい、食べものをおもちゃにするのは」

おれが魚の解体を始めると、父親が渋い表情になった。コップのビールを口に運びながら、太田先生が父親にたずねた。

「なにしてんの？」

「こいつ、解剖に凝っちゃって。魚が出てくると必ずこれ」

おれはさりげなく二人の様子をうかがった。笑いに紛れたようだったので解体を続け、手順どおり細いタコ糸みたいなものをむき出した。

「神経だ」

太田先生が赤らんだ顔で、よく知ってるな、と言った。そのくらい常識だ、と思いつつ、悪い気はしなかった。太田先生がたずねた。

「ほかになに知ってる？」

ここぞとばかりに並べ立てた。気管、肺、心臓、肝臓、脾臓《ひぞう》、胃、小腸、大腸、直腸、結腸、十二指腸、膀胱《ぼうこう》……。

列挙した器官の中で、太田先生はどういうわけか間脳という言葉に反応した。

「小学三年生で、間脳を知ってるのか。たいしたもんだ。普通、間脳までは知らない」

おれは得意満面だった。

「医者になりたいのか」

「うん！」

「だったら、もっと食え」

突然、いやな話題になった。

「体力ないと医者は務まらんぞ。どんどん食って、大きくなれ。食わないと窓から放り出すぞ」

いままでと同じ展開だったが、太田先生はいままで以上に執拗《しつよう》だった。許されて箸を置いたとき、おれは涙目になっていた。

おれにとっては幸運なことに、母親は看護師だった。母親が国家試験を受けるときに使った教科書を借り受け、全巻目を通した。ドイツ語の術語が並ぶ内容が、理解できるはずはなかったけれど、本格的な医学に触れていると思うと、有頂天になった。教科書と人体図鑑をためつすがめつしているうちに、いても立ってもいられなくなってきた。ブラック・ジャックみたいに手術《オペ》がしたい。そういう衝動が日に日に高まったのだ。

誕生日を迎える前、プレゼントの希望を聞かれ、おれは迷うことなく言った。

「オペの道具！」

怪訝《けげん》そうな母親に意気ごんで説明した。

「メスとか鉗子《かんし》とかドレーンとか糸鋸《いとのこ》とか」

熱に浮かされたように言いつのりながら、無理かな、と思ってもいた。

あまり期待していなかっただけに、誕生日当日、手術道具一式を贈られたときには、飛びあがりたいほどうれしかった。メス。ピンセット。はさみ。注射器。黄緑色の防腐剤が入ったプラスティック容器。聴診器。初めの五つはチャチな昆虫採集用キットだけれど、聴診器は医療現場で使われる本物だった。職場で手に入れてくれたんだろう。ひとつ本物がまじっていることで、ほかの五つにも箔《はく》がついた。それまでにもらったプレゼントの中で、間違いなくベストだった。放課後、手術道具一式をロングコートのポケットにおさめ、おれは町内をうろついた。道具がそろえば、ますます手術がしたくなる。

「患者《クランケ》はいないか」

おれは友だちに聞いて回った。当然、人間やペットは相手にできないので、目あては動物の死骸《しがい》だった。登校中、まれに犬や猫の轢死体《れきしたい》を見かけることがあった。それらは下校時までにはたいてい片づけられたが、ある朝、通学路の柳の根方に見つけたネズミの死骸は、ずいぶん長いあいだ放置されていた。それが少しずつ白骨化していくのを、おれたちは学校の行き帰りに観察した。腐敗が進み、ウジがわき始めるころは、派手な見ものだった。むっちりした白いウジが無数に蠢《うごめ》いているのを見ると、鳥肌が立つような感覚にとらわれながら、目をはなせなかった。女子は顔をそむけて通ったけれど、男子は概して興味津々《しんしん》だった。具象化した〝死〟に、理屈抜きでひきつけられていたのかもしれない。

だから、手術の道具を見せ、クランケの意味を説明したとき、みんなが協力的になってくれたのは、それほど不思議じゃなかった。都合よく動物の死骸が見つからないのは承知していた。とにかく発見し次第、おれに知らせてくれるとり決めになった。

クランケを見つけてきたのは、二回とも同じ、江淵小の下級生たちだった。最初がヒキガエル。町内をうろついているおれを、下級生たちが呼び止めて示したそれは、轢かれたのか踏みつぶされたのか、ペシャンコになっていた。はみ出した内臓に砂がこびりつき、死骸と言うよりぼろきれみたいだった。

「どうしようもないな。こりゃあもう駄目だ」

第八九話、『ふたりのピノコ』の台詞《せりふ》を、おれはもったいぶって口にした。もう駄目だもなにも、初めから死んでいるのだが、要するに手をつける気になれなかったのだ。下級生たちはあっさり納得した。おれたちはそれを、公園の植えこみに埋めた。

次のクランケに対面したときは、見つけたところまで連れていかれた。型枠工場の裏の空き地だ。工場のブロック塀の前に大きな水たまりがあり、そこにフナが一匹、腹を見せて浮かんでいた。

「このフナ、死んだばっかり」

「朝はいなかったから、学校行ってるあいだにだれかが捨てたんだよ」

口々に言う下級生たちにうなずき、しゃがんで水たまりからすくいあげた。ヒキガエルよりはるかに生《なま》ものっぽかったけれど、死骸には違いない。冷たく滑らかな体から水が垂れ、何滴か手首を伝う。

「ねえ、まだ助かる？」

一人の子が言ったので、思わず顔を見た。期待に満ちた目をしていて、ほかの子も一様に同じ顔つきだった。このあいだのおれの言葉を真に受け、死んでからあまり時間がたっていなければ、どうにかなると勘違いしたらしい。

ロングコートのポケットからとり出した聴診器を耳に入れ、胸びれのあたりに先端を押しつける。ピトッと湿った感触があるだけで、むろんなにも聞こえない。上目づかいにうかがうと、下級生たちは相変わらず、期待に満ちた表情でこっちを見ている。話の流れからして、フナに蘇生術《そせいじゅつ》を施さなきゃならないが、どうしたらいいかわからない。目を閉じて、ありもしない心音に耳を澄ますふりをしているうちに、ブラック・ジャックが生きるか死ぬかのクランケに、心臓マッサージを行なうのを思い出した。

「では、オペを始める」

やるべきことが決まったので、落ちつきをとり戻した。右手の甲を下級生たちに見せつけるように差しあげる。手術台へむかう際のお決まりの動作だ。下級生たちがグッと顔を寄せてきた。薄曇りで、三月の風はまだ冷たかったけれど、そうすると寒さがやわらいだ。ポケットをさぐり、メスをとり出す。使うのはそれが初めてだった。

左手に持ったフナの腹にメスを入れ、尾びれにむかって一気に引く。微《かす》かに引っかかる手ごたえとともに、中からとろっと血があふれてきた。ぬめぬめする左手に顔を近づけ、切開部に目を凝らす。下級生たちもいっそう顔を寄せ、複数の鼻息が輪の中にこもる。あふれ続ける血のせいで、内臓の位置が判然としない。

「タンポン」

「え？」

「ああ、えーと、ちり紙かなんか、ない？」

だれも持っていなかったのであてずっぽうに、人さし指を腹腔《ふくこう》へ差し入れ、指先に触れたクニクニしたものをつつき、心臓マッサージの真似《まね》ごとを始めた。蘇生術の効果をどの程度信じていたのかはわからないけれど、下級生たちの顔つきは真剣だった。おれにはこんなことをしても無意味だと思うくらいの分別はあったが、彼らの手前、すぐ打ち切るわけにもいかなかった。針先からキャップをはずし、プラスティック容器から防腐剤を吸いあげて、フナに注射する。ほかにやることがなかったのだ。下級生たちをだましている気がして、ちょっとうしろめたかった。防腐剤を半分近く打ったところでオペの失敗を宣言し、水たまりのそばのやわらかい土を掘り返して、フナを埋葬した。

おれのオペ熱は盛りあがる一方だったが、みんなの興味は薄れかけていたので、四年になったばかりのその日、大物をさがそうとヤマキが言い出したのは、単なる思いつきだったんだろう。ヤマキの案は、どこかに埋められている犬や猫の死骸を掘り出そうというものだった。オン君も上野も賛成した。反対する理由がないから賛成した、という感じだった。おれたちはそのとき、都営団地にはさまれた、たまり場の公園にいた。オン君がたずねた。

「どこさがす？」

「じゃあ、あそこ」

ヤマキが指さしたのは、道路のむかいの空き地だった。アパートとアパートのあいだの空き地は、道路から一メートルほど高いコンクリートの土台の上にあり、奥の細い路地のうしろに、民家が建ち並んでいた。公園ほどじゃないにせよ、そこでもおれたちはよく遊んだ。なにか埋められていれば、気づかないはずはなさそうだったけれど、反対しなかった。おれたちは植えこみから手ごろな枝を拾いあげ、そっちへ移動した。

しかし、空き地は広く、闇雲《やみくも》に掘り返すのは億劫《おっくう》だった。ちょうど隣のアパートの一階で、手すりにもたれて若い男が煙草《たばこ》を喫《す》っていた。

「あの」

ヤマキが話しかけた。一段高いところにいるため、視線の位置はおれたちの方が上だった。

「ここに動物の死体とか、埋まってませんか」

「ああ、埋まってる埋まってる。猫の死体」

おれは驚き、すぐにおかしくなった。パジャマのズボンにランニングシャツ姿の男は、見るからにいい加減そうだった。第一、ちゃんとした大人は、平日のこんな時間に部屋でゴロゴロしていない。嘘《うそ》だ、とおれは思った。みんなも同じ感想だったと思う。気が置けない大人に接するときの常で、揶揄《やゆ》の調子をにじませながら、おれたちは質問を浴びせた。

「いつ埋めたの」

「えーとね、去年のいまごろ」

「だれが」

「たぶん、近所の人」

「どこに埋まってんの」

「その辺」

男は煙草をはさんだ右手を伸ばし、小さく円を描いて、手すりの一メートルほど前方を漠然と指した。ほかの場所と変わらず、短い雑草がまばらに生えている。絶対嘘だ。おれは確信した。だいたい、こんなにとんとん拍子で話が進むなんて、普通じゃ考えられなかった。

いちおう礼を言ってしゃがみ、男が指したあたりを長方形に囲んだ。その日も薄曇りだったけれど、地面からは熱気が伝わってきた。逆手に持った枝で、おれたちは掘り始めた。男は手すりに寄りかかって見ていたが、やがて窓を閉めて部屋へ引っこんだ。おれたちは黙々と掘り続けた。おれは早くも後悔していた。つまらない遊びだと思ったのだ。だれかがやめようと言い出すまで、こうしていなきゃならない。サッサと切りあげて、別の遊びに移りたかった。

それは、突然あらわれた。均等になるように掘り進めている端の方から、茶色いものが見えてきたとき、おれは革のバッグが埋まっているのかと思った。とにかく、なにかがそこにあった。おれたちは手の動きを速めた。掘り進めるにつれて徐々にむき出しになり、においも強まったけれど、手を止めなかった。みんながどう感じていたかはわからないが、おれは半信半疑だった。男が本当のことをしゃべったとは思えなかったのだ。だから、とうとう全身があらわれたときには、視覚も嗅覚《きゅうかく》も、その存在をずっと感知してきたにもかかわらず、まったく予想外なものと対面したような気がした。

走っているような格好で横たわる、三毛猫の死骸だった。まず思ったのは、ウジがわいてない、ということ。次に目をひいたのが、全身が放っている光。猫の体は緑色に発光していた。玉虫の背中みたいな、どぎつい、金属的な光だった。とりわけすごかったのが、カッと見開いた目だ。ハンマーでひびを入れたビー玉を空にかざすと、中で太陽が乱反射して、ギラギラと輝く。そういうビー玉を眼窩《がんか》にはめこんだようだった。虹彩《こうさい》が消え、光の筋が波形に、何本か横に走っている。体の燐光《りんこう》みたいな輝きを上回る強さで、内側から射出しているようだ。口も大きく開かれ、鋭い牙《きば》がのぞいている。なにより、猛烈にくさかった。慣れるということが決してない悪臭だった。男の言葉どおりなら、埋められて一年は経過していたことになる。泥にまみれた体毛が、湿って黒っぽくなっていた。じっとりした手触りまでリアルに想像できた。身震いするような嫌悪感《けんおかん》が押し寄せてきた。とっとと土をかぶせ、目につかないところへ隠してしまいたかった。

「やりなよ、アッチョン」

ギクッとして顔をあげたら、上野がこっちをジッと見ていた。

「せっかく見つけたんだから、オペしなよ」

ヤマキとオン君もこっちをジッと見ていた。最初からそのつもりだったのか、上野の発言で考えを変えたのか、二人とも明らかにそれを望んでいた。言い出したのは自分だから、こうなるとあとに引けなかった。

おれはあたふたとロングコートのポケットをさぐり、注射器と防腐剤をとり出した。聴診器を押しつけるパフォーマンスも、オペの宣告も、手の甲を差しあげる余裕もなかった。キャップをはずし、プラスティック容器から残っていたのを全部吸いあげ、ピストンに親指をかけて、腹へあてがう。毛皮は針を弾《はじ》き、容易に受け入れない。あてる位置を変え、グッと力を入れる。突き刺さった瞬間、わめきそうになった。ブツッという手ごたえのあと、針はスルスルと根もとまで刺さった。筋肉も内臓も溶解していたのかもしれない。目をつむる思いでピストンを押しこむ。猫の体内を満たしているドロドロしたものの中へ、黄緑色の液体が広がっていくところを思い浮かべると、底なし沼にどこまでも沈んでいくような気分になった。メスで切り開いたら、得体の知れないものがドッとあふれ出すだろう。引き抜いた注射針は、油を塗ったようにぬめっていた。三人が息を殺しておれの手もとを凝視している。もう我慢できなかった。

「うっ」

おれはうめき声をあげ、注射器をとり落とした。大げさにブルブル震わせた右手を、左手で押さえる。

「くそっ、ずっとおさまってたのに、このにおいで再発してしまった!」

第八三話、『けいれん』の真似だった。子どものころのトラウマがもとで、ブラック・ジャックは特定の患者に対して痙攣《けいれん》を起こし、オペができなくなってしまうのだ。

「いいから、早くやりなよ」

上野が素っ気なく言った。ほかの二人も呆《あき》れたように見ている。三人はたぶん、そのエピソードを知らなかったんだろう。もちろん、知っていたとしても、そんな芝居が通用したとは思えないが。

やるしかない。おれは観念した。ここでオペを放棄したら、臆病者《おくびょうもの》のレッテルを貼《は》られてしまう。それは男の子の世界では致命的なことだった。しかし、あきらめると同時に、腹が立ってきた。三人が高みの見物を決めこんでいるのに、自分だけこわい思いをしなきゃならないのが、ひどく理不尽な気がした。完全にやつあたりだけれど、死なばもろとも、という心境だった。

「手足を引っ張ってくれ」

「だれの？」

キョトンとしているオン君にむかい、言いなおした。

「クランケをあおむけにして、手足を引っ張ってくれ」

「え、触んの、ぼくたちも」

「そうしないと、オペはできない」

おれは高飛車に言い切った。オン君はうろたえたようにヤマキに目をやった。オン君に見られたヤマキも視線を泳がせ、二人は自然と上野に注目した。微妙に空気が変わったのを感じとり、おれはまくし立てた。

「血とかリンパ液とか、いろいろ飛び散ると思うけど、放しちゃ駄目だよ。こんなグニャグニャじゃ、引っ張っててくれないと切開できないから」

言いすぎたか、と思いつつ、こっそり上野の表情をうかがう。上野は黙って死骸《しがい》を見おろしていたが、やがてポツリと言った。

「……こんなの触ったら、におい移っちゃうな」

ヤマキがホッとしたように相づちを打った。

「移っちゃうよ。こいつ、めちゃめちゃくせーもん」

オン君もホッとしたようにくせーくせーと言った。

「移るね、確かに」

積極的に中止したがっているのを感づかれないよう、おれも控え目に同調した。

死骸に泥をかぶせ出すと、おれたちは急に饒舌《じょうぜつ》になった。くせーくせーと連呼しながら、死骸が放っていた、謎《なぞ》の光についてまくし立てた。


それからほどなく、おれは公開オペの中止を宣言した。人体と動物は違う、ともっともらしい理屈をつけたけれど、みんな聞いていないようだった。

でもおれは、ブラック・ジャックになるのをあきらめなかった。オペができないなら、違う方法で近づこうと考えたのだ。

VS. ブラック・クイーン

ブラック・ジャック。

本名、間黒男《はざまくろお》。

血液型、O。

年齢、不詳。

平松小学校を卒業後、中学、高校を経て、地方の三流大学（ポン骨大学、あるいは△△大学。詳細は不明）へ進学。〝医局の天才〟と呼ばれる腕を持ちながら、医師免許を取得せず、無免許開業。超人的なオペの技術で世界を股《また》にかけて活躍するが、法外な報酬を要求することでも知られ、一部ではゴロツキのようにきらわれている。

八歳のとき、母親とともに不発弾爆発事故に遭遇し、体の一四か所を離断、皮膚の三分の一がただれ、内臓も四か所破裂。奇跡的に命をとりとめたものの、母親を失い、全身に傷跡を残して、髪は半分白くなってしまう。

異様な外見から多くの友だちが去り、孤独を道連れに生きることになったブラック・ジャックは、いつか事故の関係者に復讐《ふくしゅう》するため、ひたすら金を貯《た》め、同時に独自の護身術を修得していく。

無免許医という立場上、裏社会の人間から依頼を受けることも多く、たびたび暴力沙汰《ざた》に巻きこまれるが、ブラック・ジャックは意外なほど喧嘩《けんか》が強い。とりわけ威力を発揮するのが、メス投げだ。数メートルの距離なら、どんな小さな的でも百発百中で、それで危機を切り抜けたこと、多数。

オペをする、という無謀な挑戦に失敗したおれは、方針を変えた。正確な年齢はともかく、ブラック・ジャックはれっきとした大人だ。まだ一〇歳のおれが、すべて同じ真似《まね》ができるわけがない。いまの自分にやれることから、地道に始めようと決めたのだ。と言っても、子どもの発想だから的はずれだけれど、本人としては大真面目《おおまじめ》だった。

おれは無免許医になるつもりだったが、その前提として、医学部へ進まなきゃならない。三流大学でいいとしても、全般にほかの学部より難しそうなイメージがあった。

毎日遊び回っているおれの学校の成績は、せいぜい中の下といったところだった。そのままじゃ将来困る気がしたので、日曜日、両親がそろっている朝の食卓で、塾へ行きたい、と持ちかけてみた。すんなり通ると思っていたら、予想に反して、両親はとまどったような表情を浮かべた。おれがいないところで話しあったらしく、やっと三週間後、通塾の許可がおりた。おれは家から徒歩で四、五分の学習塾に通うことになった。算数、国語の週二回だった。

「和也が自分から習いごとしたいって言ったの初めてだから、お父さんは反対だったけど、お願いして許してもらったの。行くからにはちゃんと勉強すること。いい?」

「うん!」

と返事はよかったけれど、入塾してすぐに後悔した。堅い木の椅子《いす》の上で、何時間もジッとしているのは苦痛だった。それに、各科目の担当講師は、それぞれきびしかった。特に国語の男性講師は、習ったことを答えられないと、顔をまっ赤にして怒るので、おれは何度も泣きそうになった。月に一度、総まとめのテストが行なわれた。点数と、二十数人のクラス内順位が帳票として返却されるのだが、いつもビリから数えた方が早い成績で、それを手渡すたびに母親は暗い顔をした。こんな成績ならやめてしまいなさい、と言われるのを期待していたものの、なかなかそうはならなかった。

　ちなみに、太田先生のところへあまり行かなくなったのは、その少し前からだ。医者になる心構えを伝授してもらおうと思っていたのに、父親はおれを同行させず、訪問も不定期になっていた。一度わけをたずねてみたら、父親がムッとした表情を浮かべたので、あわてて質問を引っこめた。この事態はほどなく急変し、太田先生の方から頻繁に連絡を寄越すようになる。

　それから、貯金を始めた。学習机の引き出しに入れっぱなしになっていた、手つかずのお年玉なんかを、母親に頼んで郵便局に預けてもらったのだ。通帳は母親が保管してくれることになった。定期的にヘアリキッドとヘアスプレーを購入し、みんなと買い食いする以外、たいした使い道はなかったから、これは別に苦にならなかった。

　並行してメス投げの練習も始めた。最初は昆虫採集キットのメスを投げようとしたものの、ペラペラでどうにもならなかった。釘《くぎ》とかシャーペンとかいろいろ試行錯誤した末、行き着いたのがドライバーだった。父親の工具箱に、透明なプラスティックケースにおさまった、一二本のドライバーセットがあった。黄色い柄もプラスティック製で、刃先まではおよそ一五センチ。刺さりにくいプラス型を除く、マイナス型と錐《きり》状の六本を使うことにした。おれの家には、車庫の横にせまい庭があり、隣家との境のブロック塀の前に、柿《かき》の木が一本植えられていた。それを的に練習することも考えたが、親に見つかったら、叱《しか》られた上に禁止されるのは目に見えていた。

　そこで、毎日夕食後、勉強の気分転換と称して、近くの公園へ足を運ぶようになった。たまり場にしている、都営団地にはさまれた公園だ。何種類も植えられている中で、クスノキの幹を的に選んだ。太くて狙《ねら》いやすそうだったし、藤棚《ふじだな》の陰になり、歩道から見えにくい位置に立っていたからだ。

　とがったものを投げて的に突き刺すとなると、ダーツを連想するのが一般的かもしれない。実際、第二二四話、『笑い上戸《じょうご》』では、ブラック・ジャックが学生時代、ダーツの練習に励むエピソードが紹介されている。

　しかし、その話が雑誌に掲載されたのは、おれが中学生になってからで、当時はダーツの存在自体知らなかった。それに、ブラック・ジャックのスローイングフォームは、腰から上になぎ払う軌跡か、上から斜めに振りおろす軌跡を描く。野球で言うアンダースローや、スリークォーターに近い。肘《ひじ》を折り畳み、顔の横から狙いをつけるダーツとは、根本的に異質な投法なのだ。

　ダーツを知らなかったせいもあり、おれは手裏剣のつもりでドライバーを投げ、これを〝ドライバー手裏剣〟と命名した。忍者マンガで得た知識くらいしかないから、練習法はまったくの自己流だった。

初めは数メートルはなれて投げていたが、回転したドライバーが弾《はじ》かれ、ぜんぜん刺さらなかった。少しずつクスノキに歩み寄り、最終的には大股で二歩ほどの距離まで近づいた。アンダースローじゃ絶対に刺さりそうにないので、そのうちスリークォーター一本槍《やり》に切りかえ、結局オーバーハンド気味の投げ方に落ちついた。刃先が辛《かろ》うじて引っかかるように刺さったときには、練習開始からすでに三か月以上たっていた。

江淵小では、二年ごとにクラスがえがあった。そのときのメンバーとは、三年から一緒だったことになる。男子一四名、女子一四名。同じ男子でも、ヤマキ、オン君、上野みたいに、特別仲のいい友だちもいれば、それほどでもないやつらもいたが、女子とはほとんど交渉がなかった。おれに限らず、全体にそうだった。夏休みが終わり、二学期が始まると、その傾向がいっそう強まった。概して女子には、男子を見くだしているところがあった。子どもだから相手にしてられない、というような。確かにそう思われても仕方のない顔ぶれが、うちのクラスにはそろっていた。

例えば長田は、戦隊ヒーローものにはまっており、立ったり座ったりするたびに、とぅ！　と叫び、うるさがられていた。

それから川上は、プロレスの大ファンで、ロッカーに思い切りジャンピング・ニーをかまし、膝《ひざ》の十字靭帯《じんたい》を損傷して、しばらく松葉杖《まつばづえ》をついていた。言うまでもなく、もっとも重症だったのはおれだ。自分が女子からどう見られているかわかっていただけに、その日自習の時間、里中が声をかけてきたのには驚いた。隣のクラスが体育で出払っているのをいいことに、おれたちは勝手気ままに騒いでいた。おれは窓に寄りかかり、ヤマキとしゃべっていた。人の気配を感じて顔をあげると、里中が思い詰めたような表情で立っていた。なんだよ、と聞く間もなく、里中がひと息に言った。

「アッチョン、わたしと友だちになってくれない？」

おれはヤマキと顔を見あわせた。おれたちの様子に構わず、里中が言いつのった。

「友だちになってくれるなら、なんでもする。どうすればいい？」

うれしいと言うより、とまどった。里中はあまりかわいくなく、女子の中でも浮いている感じだった。勇気を出して話しかけてくれたんだろうが、それを思いやるほどおれは大人じゃなかった。

「パンツ見せたら、友だちになってもいいよ」

横でヤマキが笑った。怒ってあっちに行くだろうと思いきや、いきなり里中がうしろむきになり、スカートをまくりあげた。

「見えた？　これでいい？」

びっくりしたけれど、その格好がおかしくて笑い出した。里中がじれたように聞く。

「ねえ、もういい？　友だちになってくれる？」

「よく見えない」

その格好のまま、里中があとずさりで接近してくる。おれたちはますます笑った。ほかの連中はおしゃべりに夢中で、こっちに気づいていないようだった。

「ねえ、まだ？　まだ見えない？」

「見えない」

臀部《でんぶ》に張りついたレモンイエローのパンツを露《あら》わにして、里中がジリジリあとずさる。その行き先には、教室の隅に設置された、テレビを乗せる架台があった。途中からおれとヤマキの目的は一致していた。

「まだ？　まだ？」

「まだ、もう少し」

おれたちがサッと脇《わき》へのくと同時に、里中がうしろむきに架台の脚にぶつかった。歓声をあげると、里中が振り返り、キッとにらんだ。

「ひどい、アッチョン。棒突っこんだ」

おれは笑った。

「なに言ってんだよ。それがぶつかったんだよ」

「棒突っこんだあ！」

里中が廊下へ駆け出した。なに言ってんだよなあ、とヤマキと笑いあっていたら、里中が見知らない男性教師を連れて戻ってきた。みんなあわてて席に着いた。男性教師がこわばった顔でおれを呼んだ。

「君、ちょっと」

無人の生徒会室でとり調べを受けた。男性教師は伏し目がちで、話しづらそうだった。

「なにかその、棒のようなものを突っこんだそうだが」

「突っこんだんじゃありません。あいつが勝手にテレビの台にぶつかったんです」

そう、とつぶやき、また質問する。

「パンツを見せなきゃ、友だちにならないと言ったそうだが」

「そうじゃなくて、友だちになってくれるならなんでもするって言うから、パンツ見せろって言っただけです」

そう、とつぶやき、男性教師が再び視線を落とした。

翌日、母親が担任の今田に呼び出された。帰宅した母親は、塾から帰ってきたおれを、居間のローテーブルの前に座らせた。

「あなたは解剖したがったり、お医者さんになりたがったりしてるけど、それはなにか、女の子の体に特別な興味があるからなの？」

なんだそれ、と思いつつ、反論する。

「女も男も関係ないよ。医者は人体を扱うんだから」

「でも、あなたは男の子でしょ。自分とは違う女の子の体に、特別興味があったりするんじゃない？」

「女だろうと男だろうと、同じ患者だ」

第一一話、『悲鳴』の台詞《せりふ》を言い切ると、母親はそう、とつぶやき、黙ってしまった。きのうの男性教師とよく似た表情を浮かべていた。

この一件はそれでおさまらなかった。翌週の学級会で、女子がそのことを議題に持ち出したのだ。

「先週の自習の時間、織田君が里中さんにしたことを、みんなの前でちゃんと謝ってほしいと思います」

手を挙げて、女子学級委員に指名された石野が、はっきりした口調で言った。女子がてんでにうなずいているのが見えた。里中が自分から吹聴《ふいちょう》したのか、すっかり話が浸透していたらしい。それはこっちにしても同様で、こういう展開になるのは予想していた。周囲の男子の視線に促され、手を挙げた。男子学級委員が指名した。

「織田君」

「おれ、悪いことしてません」

「石野さん」

「織田君は里中さんのあそこに、棒を突っこみました」

「あそこだって、おいー」

長田がふざけて、女子学級委員に注意された。おれは憤然と手を挙げ、指名されるや否《いな》や言い返した。

「突っこんでない！」

「突っこんだあ！」

「里中さん、手を挙げてから発言してください」

男子学級委員にたしなめられ、里中が机に突っ伏して泣き出した。おれに対する非難の声が、女子からわき起こった。ヤマキが勢いよく手を挙げた。

「山崎君」

「おれ、あのとき見てた。里中が自分でテレビにぶつかったんだ」

ヤマキが突っ伏したままの里中にむきなおった。

「あいつ、嘘《うそ》ついてる」

里中の泣き声と、女子の非難の声が高まり、男子もそれに呼応して、教室が騒然となった。オブザーバーとして、おれたちのうしろに座っていた今田が手を挙げた。

「今田先生」

とたんにみんな静かになった。今田は一見やさしそうだが、怒ると容赦なくきびしかったのだ。

「先生も二人から話を聞いたけど、言い分が食い違ってるのね。そのことはもう、水かけ論になるから、脇に置いとくとして」

オン君が手を挙げ、指名を受けて発言した。

「ミズカケロンって、なんですか」

「いくら話しあっても切りがない、ってこと。とにかく、わかっていることを整理すると、友だちになってくれたらなんでもする、と里中さんが言った。そうしたら織田君が、パンツを見せたら友だちになってやる、と言った。ここまではいい？」

おれはしぶしぶうなずいた。里中は突っ伏してすすり泣いているだけだった。

「友だちっていうのは、お願いしてなってもらうものじゃないし、仲よくなりたいって言ってきた人に、意地悪するのもよくない。だから今回のことは、どっちがいいとか悪いじゃなくて、二人ともももう少し考えて、行動するべきだったと思うよ」

里中の泣き声がまた高まる。石野が立ちあがり、おれにきつい視線をむけた。

「でもいちばん悪いのは、エッチなこと言った織田君だと思います」

おれも思わず立ちあがった。

「なんだよお前、関係ないだろ」

「二人とも、手を挙げてから発言してください」

男女が双方に加勢して、教室が再び騒然となった。今田が一喝するまで静まらなかった。おれと石野は立ったまま、相手の顔をにらみつけていた。

九月中旬、運動会にむけて、体育の授業で五〇メートル走のタイムが計測された。男女にわかれ、名前の順の奇数番と偶数番が走り、それぞれ二名ずつ、タイムのよかった者がクラス対抗リレーの選手になる。おれはプロレスファンの川上とペアだった。川上は大柄で運動神経がよく、勝ち目はないと思っていた。

ところが、笛の合図で走り出すと、おれたちはぴったり並び、差が開かなかった。ゴールに立っている、タイム係の女子がなぜか笑っていた。あとでヤマキたちに聞いたら、おれの走り方は見たことがないおかしなものだったそうだ。おれは脳裏に、疾走するブラック・ジャックの姿を思い浮かべていた。ブラック・ジャックはあごをもたげ、つんのめらんばかりの前傾姿勢で、翻《ひるがえ》るレインコートの裾《すそ》からシャープな効果線（ブラージット、という）を引きながら走る。腕を通さないレインコートの袖《そで》がたなびくのも、スピード感を増した。おれも極端な前傾姿勢をとり、ピンと伸ばした両腕を後方へ投げ出すように振った。たなびく袖のイメージだったのだ。現実にはないブラージットを表現しようと、途中から無意識に大声を出していた。

「シャーシャーシャー」

並走していた川上が、あっという間にうしろになった。まだ笑っているタイム係の待つゴールを目指して、ラストスパートをかける。

「シャーシャーシャー」

おれにだいぶ遅れてゴールした川上が、スタート地点の今田に不満そうに叫んだ。

「先生、アッチョンが笑わすんです」

おかしな走り方にもかかわらず、おれはいちばん速かった。意図せずに行なっていた、忍者と同じ訓練法の成果だ。こうしておれは、リレーのアンカーに選ばれた。

それから二週間、選手になった四人は毎日、放課後に練習をした。女子、男子の順番で走ることになったが、教室の険悪な関係は、ここにも持ちこまれた。厄介なことに、石野も選手になっており、おれに最後のバトンを渡す役だった。バトンの受け渡しは呼吸をあわせるのが大切だけれど、おれたちのコンビネーションは最悪だった。

「ちょっと。そんなどんどん先に行かれたら、渡せないでしょ」

「イテ、痛えな。なんでもっとやさしく渡せないんだよ」

「あんた、シャーシャー言うの絶対やめな。そうじゃなくても変な走り方で、恥ずかしいんだから」

「わかったよ、うるさいな」

おれたちがやりあってばかりいるので、前に走る二人が仲裁に入ったこともある。

おれは石野のことを、秘《ひそ》かにブラック・クイーンと呼んでいた。バサバサとメスを振るう女医の桑田このみは、女ブラック・ジャック、ブラック・クイーンの異名をとる。数多く登場する、ブラック・ジャックに思いを寄せる女たちの中でも、桑田このみの美しさは群を抜いている。ニヒルなブラック・ジャックが、ラブレターを渡そうとしたくらいなのだ。

石野はその桑田このみに似ていた。勉強も運動も、太刀打ちできる男子はいなかった。ナチュラルウェーブのかかった栗色《くりいろ》の髪といい、気の強そうなパッチリした二重まぶたといい、驕慢《きょうまん》な感じにとがったあごといい、そっくりだった。そんなことを言うと、石野に好意を持っていると誤解されそうなので、黙っていたが。

四年生のクラス対抗リレーは、五クラスで争われた。滑り出しは快調で、石野にバトンが渡るときには二位だった。

ところが、石野がコーナーで派手に転倒してしまった。クラスの女子から悲鳴があがる。おれもハッとしたが、心配したことに自分で腹を立てた。

なにやってんだ、あいつ。

石野はすぐに立ちあがり、唇を噛《か》みしめ、膝《ひざ》をすりむいた足で走り出した。その間《かん》に二人に抜かれ、追いすがったものの、順位を入れかえることはできなかった。肩越しに振りむき、うしろへ手を突き出して、なぐさめてやろうか、と一瞬思った。しかし、バトンを叩《たた》きこみながら、石野が叫ぶのを聞いてそんな考えは捨てた。

「負けたら殺すよ！」

「うるさい、バカ！」

おれは極端な前傾姿勢をとり、ピンと伸ばした両腕を後方へ投げ出すように振って、がむしゃらに走り始めた。観覧席から笑いが起き、スピーカーから流れる音楽がかき消された。何百人という生徒や保護者が、おれの走りを初めて見たのだ。三人のランナーの白い背中が、前方に見える。三位の背中はそう遠くないけれど、なかなか差が縮まらない。ブラージットの効果音抜きじゃ、やはり調子が出なかった。なりふり構っていられなくなり、おれは封印を解いた。

「シャーシャーシャー」

三位がギョッとしたように振り返り、噴き出した。これもあとで聞いたら、必死の形相でシャーシャー言っているのがおかしくて、ヤマキたちも笑い転げたそうだ。へろへろと減速した三位を抜かし、二位に迫る。

「シャーシャーシャー」

また同じことが起きた。振り返った二位が噴き出し、減速した隙《すき》に追い越す。最後のコーナーを曲がると、一位の背中が射程圏内に入ってきた。間断なくあがる笑い声と歓声で、耳がワーンとなった。それに負けないように、さらに声を張りあげる。

「シャーシャーシャーシャー」

肉薄されているのに気づいた一位は、大げさな反応を示した。ギョッとしたように振り返ると、脇《わき》に飛びのいたのだ。その隙に先頭へ飛び出す。二位に転落した一位が食いさがる気配を感じたものの、敵じゃなかった。おれはブラック・ジャック走法で走り通し、胸でゴールのテープを切った。

けれども、あとから駆けこんできた二位以下が、ゴール地点の男性教師に口々に訴えた。

「ずりーよ、あんなの。反則だよ」

「あいつ、笑わすんだもん」

「失格にしてください」

見ると、里中の件でおれをとり調べた男性教師だった。男性教師が、またお前か、という顔をした。

ランナーたちも、ランナーを送り出したクラスの連中もおさまらず、大騒ぎになった。男性教師が役員たちのいるテントに駆け寄り、相談を始めた。ほどなく、男性教師はマイクをつかむと、自信なさげな口調で説明した。

「えー、ただいまの四年クラス対抗リレーですが、四組による妨害があったとのことで、四組は失格、繰りあがって二組が一位と決定しました」

うちのクラスからブーイングが起きた。観覧席に戻ると、石野が食ってかかってきた。

「だからやめろって言ったでしょ、あんたのせいだからね」

おれも少しは引け目を感じていたが、カチンと来て言い返した。

「お前が転ぶからだろ」

「あんたでしょ」

「お前だろ」

男女が双方に加勢し、言いあいはヒートアップした。学級会のとき以上に激烈だった。あまりの騒ぎに、一時運動会が中止されたほどで、今田が一喝しても容易には静まらなかった。言いあいをやめてからも、おれたちは無言でにらみあった。陰にこもっている分、より質《たち》が悪かった。男女ペアの障害物競走では、全員が組むのを拒否し、競技にもならなかった。男子と女子は完全に決裂してしまった。

男子と女子が全面対決することになったのは、秋もだいぶ深まったころだった。

それまで、教室の空気は冷え切っていた。男子が指名されると女子がみんなそっぽをむき、逆も同様だった。学級会で今田が和解させようとしたけれど、徒労に終わった。さすがに手をつかねているようだった。

ある日の放課後、おれと石野がささいなことから口喧嘩《くちげんか》を始め、いつもみたいに男女が双方に加勢して収拾がつかなくなり、こうなったらきっちり決着をつけようという意見が出たのは、当然だったかもしれない。行き着くところまで行かないと、おさまらなくなっていたのだ。

しかし、その方法をめぐって、議論は紛糾した。男子側が野球で勝負しようと言えば、女子側に却下され、女子側がゴム段で勝負しようと言えば、男子側が却下した。ほかにも、サッカー、おはじき、ポートボール、カルタとり、将棋、オセロとさまざま提案されたものの、どれも合意が得られなかった。男子の一人がやけ気味に、ジャンケンで決めるか、と言ったとき、それまで黙っていた上野が口を開いた。

「いいかもしれない」

「えっ」

全員が上野を見た。寡黙《かもく》な上野の言葉には重みがあり、女子にも一目置かれていた。

「さっきからずっと考えてたんだけど」

そう言って話し出した上野の案は、いま思ってもよく練られていた。それは、こういうものだった。

・四丁目の公団の、男子は北側入り口から、女子は南側入り口から、反対方向の出口を目指す。グループでの行動は禁止。

・途中、構内で見つけた相手と、一度だけ勝負をする。つかまえたりつかまったりした相手が、自動的に対戦相手になる。
・ジャンケンで勝った方が、勝負の方法を指定できる。ただし負けた方は、ひとつハンデを要求していい。
・勝ったら相手の胸の名札をとれる。全員がそれぞれの出口に集まり、とった名札が多い方が勝ち。
「大事なのは、ハンデつけるときズルしないこと」

上野は強調した。

「相手が絶対勝てないハンデつけたら、意味ないから。勝負は全力でやらないと」

説教くさいそんな言葉も、上野の口から出ると説得力があった。だれも反対せず、勝負は土曜日の三時からと決まった。

その日まで四日間、クラスはどこか浮き立った。ろくに口をきかないのは相変わらずだけれど、ギスギスした雰囲気はだいぶやわらぎ、今田が不思議そうな顔をしていた。イベントに対する期待から、目先の対立が気にならなくなったんだろう。

だが、おれの周囲の期待は、予想とは違う方へむかっているようだった。

「絶対、相撲」

ヤマキが力説した。

「いくら石野でも、力でおれにかないっこない」

ヤマキのターゲットは石野で、あとの二人もそうだった。

「ぼくはプロレス」

オン君が言った。

「チキンウイングフェースロック、川上に教えてもらった」

「上野は？」

「柔道」

ボソッと答えが返ってきた。

体を密着させる勝負ばかりしたがるのも、石野を選びたがるのもよくわからなかった。たとえこっちから持ちかけた勝負でも、下手な男子じゃ返り討ちにあうおそれがあった。ただ、おれには自信があった。ドライバー手裏剣なら、ハンデを与えてもおれの勝利は揺るがない。練習開始から半年以上たち、いまでは大股《おおまた》で五歩はなれたところから投げるようになっていた。百発百中とはいかないまでも、かなりの命中率だった。もちろん、それはおれがジャンケンに勝ったらの話で、むこうの得意種目となればそうはいかない。なにが得意か知らないが、ハンデを与えられても簡単には勝てそうになかった。

決戦の日、三時五分前。おれたちは公団のそばの公園に集結していた。遊んでいる子どもや母親たちが、二八人の集団をなにごとかと見ていた。

「時間無制限、一本勝負。ルールを守って、ズルはなし。いいね？」

上野が念を押し、全員うなずいた。解散！　の合図とともに、男子は北側入り口、女子は南側入り口へと駆け出した。ドヤドヤと石段をのぼって構内に入り、棟の下の薄暗い駐輪所を抜けて、思い思いの方角へ散る。女子もいまごろ、反対側の入り口をスタートしているはずで、中間地点をすぎたあたりから、局地戦が始まると思われた。

それにはまだ早いとわかっているのに、緊張が高まっていく。三五棟ある団地はすべて、南側は芝生で、見晴らしは悪くないけれど、公園を中心に大きな樹木がたくさん植えられており、身をひそめる場所にはこと欠かなかった。実際、遊んでいる子どもが目につくものの、仲間はどこにも見あたらない。みんな不用意に姿をさらさないようにして、目あての相手をさがしつつ、ゴールを目指しているんだろう。

おれも木の陰にへばりついたり、資材置き場に隠れたり、芝生と地続きの棟の下にもぐりこんだりしながら、ジリジリ進んだ。黒ずくめの格好は、クリーム色の団地と、赤や黄に色づいた樹木のあいだで、ひどく目立つ気がした。

構内を人体に見立てた鬼ごっこで、肺をイメージしたあたりまで来た。棟の横のコナラから顔を出し、歩道を突っ切ろうとしたとき、初めて女子に出くわした。

「アッチョン、発見！」

里中だった。脇目も振らずにこっちへ駆けてくる。さっきは見あたらなかった、棒のようなものを握りしめている。

あいつ、棒突っこまれたと思ってるから、あれで復讐《ふくしゅう》するつもりかも。

あわてて逃げ出したが、里中は執念深かった。いつの間にか先回りして棟の横からあらわれたり、公園の遊具の脇にしゃがんでいると、灌木《かんぼく》をかきわけて飛び出してきたりした。逃げ回るうちに何人もの女子に見つかった。

「あ、いた」

「待て！」

ポケットに入れたドライバーセットが、ガチャガチャと音を立てる。途中、芝生の隅でオン君が、大柄な女子にスリーパーホールドをかけられているのが見えた。それが石野じゃないのに安堵《あんど》しながら、さらに逃げる。おれを狙《ねら》っている女子は多いみたいだった。男子と女子の仲がここまでこじれたのは、おれが原因の部分が大きいから、憎まれるのも無理はなかった。

里中たちをなんとかまき、中間地点にさしかかった。おれは芝生と地続きの、棟の下にもぐりこんだ。少し休まないと身が持たなかった。土ぼこりだらけになるけれど、そこなら安全だった。

と思っていたら、芝生を踏む足音が近づいてきた。横へ這《は》って逃げることも考えたが、物音がしそうで動けない。デニムパンツの裾《すそ》と、マジックテープでとめるスニーカーが、限られた視界にのぞく。いきなり、スニーカーの横に影がうずくまり、勝ち誇ったような声が聞こえた。

「見つけた」

おれは思った。

出たな、ブラック・クイーン。

ゴソゴソ這い出し、石野と正対する。最初から勝負するつもりだった。ことあるごとに反目してきた石野が、相手としてもっともふさわしい気がしたからだ。ロゴが入ったジップアップトレーナーも、腿《もも》にバラの刺繍《ししゅう》があるデニムパンツも、ところどころ土ぼこりで汚れていた。軽く息を切らしているのは、複数の男子につけ狙われ、逃げ回ったからだろう。おれと同じように棟の下に身をひそめながら、目指す敵《かたき》をさがしていたに違いない。

ときおり、悲鳴とも怒号ともつかないクラスメートの声が、どこからかあがる。そろそろ戦闘が本格化してきたらしい。自信たっぷりといった顔つきの石野にむかい、おれは聞いた。

「ジャンケン、何回勝負？」

「三回勝負」

「最初はグー？」

石野がうなずき、おれたちは同時に拳《こぶし》を振りあげた。

「最初はグー、ジャンケン、ポン！」

あっさり負けた。石野の表情がますます勝ち誇った。おれは身構えた。石野は見たところ手ぶらで、なにで勝負するのかわからないけれど、ちょっとやそっとじゃ勝てそうにない。どうやって少しでも有利になるハンデを認めさせるか考えていたら、石野が意外なことを言い出した。

「どうせなにやってもわたしの勝ちだから、織田に丸ごとハンデあげる」

「どういう意味だよ」

「あんたが得意なことで勝負していいよ。それでもわたし、負けないから」

おれはカッとなった。

「勝てっこないだろ、お前が」

「あんた、なんならわたしに勝てると思ってるわけ？」

カッカしたまま、ポケットからドライバーセットをとり出す。これには意表をつかれたようで、石野がちょっと目を大きくした。錐《きり》状のものを選び、棟の横のコナラに対して半身になった。

「いくぞ！」

敬礼するように振りかざした右手を、地面に水平になる位置までピシッと振りおろす。半年の練習を通して身につけた、おれ流の投げ方だ。ドライバーは真っ直《す》ぐ飛び、カツッと音を立てて下むきに刺さった。得意満面で振り返ると、石野の高慢な表情は崩れていなかった。

「織田にできるなら、そのくらい」

ところが、石野の投げるドライバーは、回転して幹に弾《はじ》かれ、ちっとも刺さらなかった。十何回目かに偶然回転があい、ようやく上むきに刺さったが、重みですぐに抜けてしまった。根もとに堆積《たいせき》した黄色い葉の上に、ガサッと落ちる。石野の顔色が変わった。ざまあ見ろ、とおれは思った。いくら運動神経がよくても、ドライバー手裏剣はそれだけじゃどうにもならないのだ。

「……得意なことで織田に勝ったって、ぜんぜん自慢にならない」

拾いあげたドライバーをケースにおさめるおれに、石野がくやしくてたまらないという口調で言った。おれはますます調子づいた。

「無理すんなよ。ほんとならお前、負けてんだぜ」

石野がぎろっとにらむ。

「あんたなんかに絶対負けない」

「だから、お前の得意なことで勝負すればいいだろ」

「わたしのプライドが許さない」

「プラ？」

石野がイライラしたように吐き捨てた。

「そんなのも知らないの、バカ」

決めつけられた反発と、石野をむきにさせた高揚感とが相まって、おれはさらに挑発した。

「なんでもいいから早くしろよ。どうせおれの勝ちだけど」

石野が燃えるような目をした。ものも言わずにおれの手首をつかみ、ずんずん歩き出す。どこ行くんだよ、とたずねても、返事がない。石野の方が背が高く、おれは小走りになった。喧嘩《けんか》して勝てるかな、と不安に思っていると、棟の表側から、頰をまっ赤にしたヤマキが飛び出してきた。ヤマキは一瞬顔を輝かせたが、おれがうしろにいるのに気づき、たちまち表情を曇らせた。ヤマキはパッと身を翻《ひるがえ》して行ってしまった。遠くの方でとぅ！　と叫ぶ、長田の声がした。

おれたちが行き着いたのは、公園の横の20号棟だった。人体の見立てで言えば、横隔膜のあたり。手を引かれて階段をのぼり、２０１号室の前に立つ。石野がデニムパンツのポケットから鍵《かぎ》をとり出した。

「お前んち、ここ？」

石野は黙ってドアを開け、手招きした。玄関に足を踏み入れて、うっかりお邪魔しますと言ったら、石野もうっかりといった感じで、どうぞと応じた。

玉すだれをくぐり、玄関の左脇《わき》のダイニングキッチンへ入る。促されて、ビニール張りの椅子《いす》が四脚並ぶ、テーブルに座った。

「ジュース飲む？」

おれのうしろを通り、石野が冷蔵庫を開けた。外はさわやかな秋の陽気だが、走り回ってのどがカラカラだった。

「なにがあるの」

「カルピスかポンジュース」

「じゃあ、ポンジュース」

石野がポンジュースの紙パックを持ってキッチンの前を回り、備えつけの食器棚からグラスを二つとり出して、それぞれに注いだ。石野がむかいに腰をおろした。渡されたグラスを受けとり、一気に飲み干す。

「ふー」

長く息を吐き出し、やっと思い出した。

「なあ、勝負はどうすんだよ」

石野はポンジュースをゆっくり飲みながら、上目づかいにおれを見ていた。いかにもなにか企《たくら》んでいるような顔つきで、警戒心が蘇《よみがえ》る。天井をあおぎ、のどを見せて飲み干すと、石野が立ちあがった。

「こっち」

玉すだれをくぐり、玄関正面の襖《ふすま》を開ける。奥の壁際《かべぎわ》に設置された、二段ベッドが目に入った。北に面した窓の横には、学習机がひとつあった。

「わたしと兄貴の部屋」

言いながら石野は、カーペットに腰をおろした。そこ、閉めてよ、という言葉に従い、襖を閉めてからおれもあぐらをかいた。窓から斜めに射《さ》しこむ西日が、若草色のカーペットや、白い襖やさまざまな家具を、橙色《だいだいいろ》に染めている。学習机の隣には小さな本棚が、次の間との境にある襖の前には、整理ダンスとビニール製のファンシーケースが、横幅いっぱいに置かれていた。室内に二人きりなのが落ちつかず、おれはせかせか言った。

「こんなとこで、なんの勝負すんだよ」

石野はジッとおれを見ていた。すっかり自信をとり戻したようで、気圧《けお》されそうだ。

石野がおもむろに口を開いた。

「あんた、医者になりたいんでしょ」

「え、うん、まあ」

ただの医者じゃなく、ブラック・ジャックになりたいのだが、説明するのが面倒なので、とりあえず相づちを打った。

「ほんとにわかってる？　そういうのってお金かかるし、勉強もすごくたいへんなんだよ」

「うるさいな、関係ないだろ」

それもそうか、と思いなおしたようにつぶやき、石野がおれの目を見て宣言した。

「織田、お医者さんごっこで勝負！」

思いもよらない発言に、反応できなかった。

「なに、知らないの？」

「いや、知ってるけどさ」

第一〇八話のタイトルはずばり、『お医者さんごっこ』だ。

「得意でしょ、そういうの。里中さんにあんなことしたんだし」

「違うって言ってるだろ、しつこいな」

「言っとくけど」

石野が真剣な顔を近づけてきた。

「あんたが思ってるような、ちょろいんじゃないよ」

石野は立ちあがり、二段ベッドの梯子《はしご》の中ほどまでのぼると、上段の敷布団《しきぶとん》の下をさぐり出した。すぐに石野は、薄い雑誌を手におりてきて、それをおれに渡した。ノースリーブのワンピースを着た女がベンチで微笑《ほほえ》む、なんの変哲もない表紙だった。

けれども、ページをめくって仰天した。それは、いわゆる無修整の裏本だった。ブラック・ジャックのキスシーン以外、性的な知識が皆無だったおれは、目にしているものが信じられなかった。顔をあげると、石野がおもしろそうにおれの様子を観察していた。

「これ、嘘《うそ》だろ」

「嘘って？」

「なんかあの、特撮とか」

石野がのけぞって笑った。

「そんなわけないじゃん」

「証拠あんのかよ」

石野はニヤニヤしながらおれの手をとり、ファンシーケースの前まで引っ張っていった。ジッパーをおろし、中にかかっている服を片寄せると、ファンシーケースの背面を指さした。縦にかぎ裂きができており、真うしろの襖に小さな穴が開いて、そこから明かりが漏れている。場所を譲られ、中腰になって穴をのぞいた。首だけ突っこんだ石野がうしろからささやく。

「隣、親の部屋なんだけど、その穴からやってるのが見えるんだよ」

「やってるって？」

「本と同じこと」

石野がささやき声で続けた。

「たまに夜中、変な声するから前からおかしいと思ってて、兄貴に聞いても教えてくれないし。けど、今年の夏休み、ついにわかった」

ファンシーケースから出、カーペットにあぐらをかく。衝撃を受けているおれに、石野が追い打ちをかけた。

「あんたの親もやってるんだよ」

否定したかったが、できなかった。石野の話しぶりは、迫真性と確信に満ちていた。

石野がポツリと言った。

「グロいよね」

「グロ？」

「ほんとなんにも知らないね。気持ち悪いってこと」

確かに気持ち悪い、とおれは思った。

少し沈黙したあと、また本来の目的を思い出した。

「なんでこんなのが勝負になるんだよ」

石野がしたり顔で説明した。

「こういうのはね、女の方が不利なの」

「なんで」

「だってさ」

石野が本をめくった。

「この人、すごい苦しそうでしょ」

「うん」

「やってるときお母さん、何度も堪忍《かんにん》してってって言ってた」

おれの表情に気づいたらしく、石野がいら立たしげに解説した。

「堪忍してってていうのは、ごめんなさい、もう許してってこと」

「知ってるよ、そのくらい」

本当は初めて耳にしたその言葉は、妙に生々しく、淫靡《いんび》な響きだった。

「いまから五分こういうことして、降参しなかったら、わたしの勝ち。降参させたら、織田の勝ち」

「やるの、ほんとに」

「そうだよ」

橙色のスポットが、驕慢《きょうまん》な顔を照らす。

「こわい？」

そこまで言われて、引きさがるわけにはいかない。やる、と答えたものの、ひとつ条件をつけた。

「ちょっと予習させてくれよ」

「予習？　ああ、予習ね。いいよ」

石野が笑って、学習机の上の置時計に目をやった。

「でも早くして。けっこう時間、遅いから」

おれも置時計を見た。四時半を回っていた。

手早く最初から本のページを繰っていく。着衣の男女が、だんだん裸になり、そのうちいろんな格好でからみあう。なんべん見ても信じられなかった。特に、アップになっている性器の結合シーンは、勃起《ぼっき》の経験がないだけに、どうしてそうなるのか理解不能だった。しかし、性器結合の次のページで、女の苦悶《くもん》の表情は一段と深まる。これが必殺技だな、とわけがわからないなりに見当をつける。

「ねえ、もういいでしょ」

声のした方をむくと、石野が二段ベッドの下で頰杖《ほおづえ》をついていた。かけ布団から裸の肩がのぞいており、ベッドの下に服が丸めて脱ぎ捨ててあった。おれもあわてて脱ぎ出した。去年まではプールの時間、同じ教室で着がえていたが、間近で見られるのは恥ずかしかった。素っ裸になり、低い手すりをまたぎ越して、かけ布団にもぐる。そこまでは西日が射しこまず、薄暗い空間は静かだった。表から聞こえてくる、バイクの走行音や豆腐屋のラッパの音《ね》が、その感じをいっそう強める。石野が首をねじ曲げ、横に寝ているおれを見た。

「あの時計で五〇分まで。いい？」

「うん」

「スタート！」

がばっとおおいかぶさり、ペニスを石野の股間《こかん》にあてがう。溝のような感触があるけれど、なにが起こるというのでもない。密着した肌や、体温が気持ちいい。でも、それだけだ。石野が笑い出した。

「あんた、やっぱりわかってない。こういうのは順番があるんだよ」

「どんな」

「あの本だってそうでしょ。初めはキスしたり」

石野が小馬鹿《こばか》にしたような表情を浮かべた。

「知ってる？」

それなら自信があった。ブラック・ジャックが唯一《ゆいいつ》キスをするのは、第三八話、

『めぐり会い』。最愛の女性、如月《きさらぎ》めぐみの子宮ガンのオペをする前に、手術台の上で交わすのだ。お気に入りのシーンのひとつだった。

石野の唇を自分の唇でふさぎ、目を閉じて強く押しつけた。加減がわからずギューギュー押しつけていたら、乱暴に突き飛ばされ、頭を上の板に打ちつけた。

「イテ」

「それはこっちだよ、口が痛い」

石野はプリプリしていた。

「キスはもういい。次、胸」

本で見た乳房への愛撫《あいぶ》は、授乳のイメージがあったため、あまり違和感がなかった。かけ布団をはぎ、石野の胸をまじまじ見る。

「本とはぜんぜん違うな」

「あたり前じゃん。まだ子どもだよ」

本の男がしていたように乳首に口をくっつけたら、石野の体がビクッとした。

「なに？」

「痛い」

「え、ここも痛いの」

「最近コリコリしてきて、押すと痛い」

「悪い」

「うん」

石野が打ち明け話をするように言った。

「そうやって大きくなってくんだって」

「石野も本の人みたいになるのかな」

石野がクスクス笑った。

「わかんないよ、そんなの」

こんな親密な会話を交わしたのは初めてで、ドキドキした。本を真似《まね》て、慎重に乳首へ舌を這《は》わせる。石野がふーっと息を吐いた。

「痛い？」

「ううん。変な感じ」

しばらくなめてから、反対側も同じようにした。ふーっふーっという呼吸音が、せまい空間にこもる。

おれもだんだん変な気分になってきた。密着した肌がしっとり汗ばみ、吸いつくようだ。ペニスがムズムズして、どうしていいかわからなくなった。さっきみたいに溝にあてがう。そのままジッとしていたら、石野がまたクスクス笑った。

「織田、動かすんだよ」

「え?」

「それ。腰動かすの。お父さんがやってた」

言われたとおりにして、正しい行為だと直感した。ムズムズが高まり、はっきり快感に変わる。

おれは夢中になった。腰をグイグイ押しつけ、石野を見おろす。動くにつれて、枕《まくら》に髪が広がった頭が上下する。石野はなにかに耐えるような、生真面目《きまじめ》な表情でおれを見ている。衝動に突き動かされ、唇にキスをした。痛がらせないようにさっきよりは軽く、しかし何度も繰り返した。肌がいっそう汗ばみ、密着感が増す。ペニスの先端も湿り、微《かす》かに食いこんだ。動き続けるおれの背中を、石野がかけ布団の上から叩《たた》いた。

「織田、やめよう」

「なんで」

「だってほら、時間だし」

おれは動きを止めなかった。

「ちょっと、やめてってば」

ペニスの先端がぬめり、ジワッと浅く入った。いっ、と叫んだ石野に、すごい力で突き飛ばされる。また頭を上の板に打ちつけた。

「やめてって言ってるでしょ！」

石野はかけ布団を引っ張りあげ、険しい目でおれをにらんでいたが、突然、あっと声をあげた。後頭部をさすりながら、石野の視線の先をたどる。おれもあっと声をあげた。包皮をかぶった小さなペニスが、ピンと上をむいていた。

「立ってる」

石野が笑い出した。おれは珍獣を見るようにそれを見ていた。

「……本の人はもっと大きかった」

「あたり前だって。子どもなんだから」

「おれもあんな風になるのかな」

「だから、わかんないよ、そんなの」

その言い方にはいつにない親しみがこめられているようで、顔を起こすと、石野はこっちを見て笑っていた。いつの間にかおれも笑っていた。やがて、石野が切り出した。

「この勝負」

「うん」

「引きわけにしない？」

それがいい気がして、うなずいた。なんとなくうれしくなり、おれはいたわるように聞いた。

「さっき、こわかったんだろ」

「そうじゃなくて」

石野が率直な口調で答えた。

「痛かった」

「痛がってばっかだな」

「そうだね」

おれたちはもう一度笑った。

服を着て、お互いの名札を交換する。引きわけという結果には満足していたものの、みんなにどう説明するか、気になってきた。玄関を出て、ドアに鍵《かぎ》をかけている石野に話しかけた。

「なあ、なんて説明する？」

「自分で考えなよ」

もうふだんの石野だった。

「じゃあね」

階段をおりると、石野は公園を突っ切り、北側出口を目指して駆け出した。夕陽に照らされ、長い影が伸びる。本人が見えなくなっても、揺れる影は薄れつつ、しばらく地面にとどまっていた。

それも見えなくなってから、南側出口を目指して駆け出した。クラスメートの声はせず、戦闘はあらかた終わったらしい。ロングコートの裾《すそ》を引きずらないように、全速力で走る。みんなになんて説明しよう、と考えながら。

遡《さかのぼ》る日

全面対決したのを境に、男子と女子は急速に打ち解けた。勝負は名札二枚の差で、女子の勝ち。意外だったのは、おれと石野みたいに名札を交換しているペアが、ほかにもあったことだ。なぜか暗黙のうちに、勝負は二人のあいだのこと、という雰囲気になったので、くわしい事情はわからない。

これまで反発し続けた分をとり戻そうとするように、おれたちは毎日よく遊んだ。あと二か月で二学期が終わる。冬休み明けの三学期はつけ足しみたいなもので、あっという間に五年になり、クラスがえを迎える。そういう時間的な制約も、その傾向に拍車をかけた。

給食をとり終えるや否《いな》や、二八人全員で校庭へ飛び出す。雨の日は体育館へなだれこむ。これほど人数がふくれあがると、サッカーもバレーボールもドッジボールもポートボールも、ゲームとしての体をなさず、めちゃくちゃになった。しかし、かえってそれがおもしろかった。校内すべてを使って、最後の一人が逮捕されるまで、三日連続でケードロをやったこともある。逮捕されたら泥棒も警察に変わるという新ルールを適用し、異様に盛りあがった。最後の一人になった女子は、ゾンビや吸血鬼に追われるように血相を変えて逃げ回り、とうとう焼却炉の前で逮捕されたときには、怯《おび》えて本気で泣き出した。おれにはどこか、〝夢中で楽しむ自分〟を演じているという意識があった。こんなことができるのはいまのうちだけ、と漠然と感じていたのだ。その予感は塾の一件があって、決定的になった。

塾では五年から受験態勢に移行する。授業時間も日数も増え、理科、社会を選択した場合、週に三日通うことになった。講師たちの口調も徐々に熱を帯びてきた。五年からドッと入塾者が増える。いままでみたいなのんびりムードじゃ駄目だ。もっともっと真剣になれ。

劣等生だったにもかかわらず、おれはあおり文句にたやすく乗った。塾には江淵小の生徒も、別の学校の連中もいたが、彼らの話を聞いて、有名私立中学を受験する、と思いこんだ。学校の実情も難易度も知らなかった。単純に影響されたのだ。それらの学校はすべて四科目受験なので、新学年から理科、社会も選択するつもりだった。

しかし、それがあやしくなってきた。

冬休み直前、塾で保護者面談があった。一一月に行なわれた模擬試験の結果をもとに、算数、国語の担当と話しあう。面談から帰ってきた母親は、おれを居間のローテーブルの前に座らせ、帳票を広げて見せた。その模擬試験で初めて志望校を書いており、帳票には合格の可能性がパーセンテージで表示されていた。

「わかる？　全部五パーセント。先生方がおっしゃるには、このテストではそれ以下の数字は出ないんだって」

「へー」

「へーじゃないでしょ。あなた、これでも塾続ける？　受験したいの？」

「うん、したい」

「五パーセントよ？」

「がんばれば絶対、大丈夫」

おれの頭にあったのは、第八五話、『浦島太郎』だ。ブラック・ジャック自身、成功の見こみは三、四パーセントと言うほどの難手術だったが、一八時間に及ぶ苦闘の末、五五年間昏睡《こんすい》していた患者を覚醒《かくせい》させる。もっとも、患者は急激に老化し、老衰で死んでしまったけれど。

やる気があるのだけは伝わったらしく、冬期講習のとり組み次第で、塾を続けるかどうか決める、という約束になった。講習最終日の総まとめテストで、クラスで一〇番以内に入るのが条件だった。ずっとビリから数えた方が早い成績だったおれには、たいへんだけれど、決して無茶な要求じゃなかったと思う。

だが、つけ焼刃の努力じゃ限界があった。一月中旬、帳票が返却された。順位はクラスで一五番だった。日曜日の朝食後、そのまま食卓で家族会議になった。父親は反対派、母親は擁護派。おれは生まれてこの方、父親になにかを頭ごなしに禁じられたことがない。そのときも父親は、母親と議論しながら、実際にはおれに言い聞かせる、間接話法を用いた。

「努力は認めてやってください。短期間に一〇番近く順位をあげたんですから」

「それでもまん中以下だろう。この地域は学力のレベルが低いんだ。それでこの成績じゃ、受験なんて無理だ」

「これからがんばるって言ってますから。ね、和也？」

母親に水をむけられ、おれはうなずいてみせた。父親がチラッとこっちを見たが、すぐに母親に視線を戻した。

「なにも中学から、無理して私立に入れることないじゃないか。肝心なのは最終学歴なんだから」

「そりゃそうですけど」

「だいたい最初から、おれは塾には反対だった」

「お父さん。いまさらそんな話蒸し返さないで」

「とにかく」

父親が声を高めた。

「塾はもうやめだ。本当にやる気があれば、勉強なんてどこだってできる。どうしても受験したいなら、それを態度で示してからだ」

父親が初めて正面からおれを見た。

「いいね」

父親が食卓をはなれたあと、メソメソしているおれの肩を、母親がなで始めた。

「ごめんね、和也」

そうやって泣きやむまで、ずっと肩をなでてくれたが、母親が口にしたわびの言葉が、塾のことに対してだけじゃないのを、おれは感づいていた。

この町へ越してきたのは、江淵小に入学する二年前、おれが四歳のとき。おれはこの町で生まれ、それから三回引っ越した。三年かけて出発点に戻ってきたわけだ。大雑把に整理するとこんな感じ。

○歳〜一歳　　この町
一歳〜二歳半　別の町①
二歳半〜四歳　別の町②
四歳〜　　　　この町

両親はおれが生まれる四年前に結婚し、運よく抽選にあたった、この町の公団で暮らし始めた。川べりに建つ、全部で八〇棟もある巨大な団地だ。公団の間どりは三タイプで、両親はもっとも小さい1DKに住んでいた。おれが一歳のときに引っ越したのは、なによりそのせまさのせいだろう。それ以降移り住んだのは、どれも一軒家だった。

この町を起点に数えると、別の町①は五駅、別の町②は九駅はなれていた。この町は東京の北端にあり、川を越えると県になるから、①から②へ移動して、都心から遠ざかったことになる。そのかわり、家のグレードはあがり、四歳から住んでいるいまの家で、頂点に達した。引っ越しは経済状況に応じて行なわれたんだろうが、車の買いかえもそれを物語っていた。家を移るたび、車も変わった。小型車から中型車へ。中古車から新車へ。この町に戻って購入したのは、最新モデルのセダンだった。右肩あがりの家族の変遷《へんせん》と言えそうだけれど、そこから下降が始まった。買いかえはその後《ご》も続いた。おれが一〇歳になるまで二回。しかも、だんだんみすぼらしくなった。次の車を買うまでの期間、母親は病院へ電車通勤したが、そうなると朝は早く帰りは遅く、一緒にいられる時間が減ってしまう。おれはさみしかったし、母親の顔色もさえなかった。なんで車買わないの？　とたずねると、母親は苦笑するだけだった。しかし、たまに顔をあわせたときの両親のギスギスした会話から、察しはついた。要するに金がなかったのだ。

三年の三学期になってすぐ、学校から帰ると車庫の車が消えていた。またシタドリか、とおれは思った。そういう言葉を覚えるほど慣れっこになっていたけれど、次の車はいつまでたっても来なかった。両親のギスギスぶりもかつてないほどで、いままでとは深刻さの度あいが違うのが、ひしひし伝わってきた。ある日、遅い夕食が終わったのを見計らい、母親に質問した。どういうことになっているか納得するまで、引きさがらないいつもりだった。

「ねえ、なんで車買わないの」

母親が弱々しく苦笑した。

「そのうちね」

「うち、お金ないの？」

食卓を片づけていた、母親の手が止まった。今日はごまかされない、と身構えて横顔を見ていたら、母親はため息をつき、おれのむかいの椅子《いす》に大儀そうに腰をおろした。

「そうね。なくなっちゃったわね」

予想外の反応にオタオタした。しばらく黙ってから、母親が一語一語区切るように言った。

「また引っ越しするのって、和也はいや？」

江淵小のみんなの顔が、パーッと頭に浮かんできた。みんなと別れるなんて、考えたくもなかった。

「やだよ、そんなの」

「そうよね。いやだよね」

母親がしんみり言うのを聞いて、べそをかきそうになった。子ども扱いされたくなかったけれど、実際にはどうしようもなく子どもだった。

それ以上のことを知るのがこわくて、おれは二度とその話題を持ち出さなかった。時間がたつにつれ、その日の印象は薄れた。塾へ行かせてもらえたせいもあり、知らないうちになんとかなってるんじゃないか、という根拠のない希望を抱いていた。能天気なおれはほとんどそれを信じかけたが、相変わらず険悪な両親の様子や、頻繁にかかってくるようになった太田先生からの電話が、そうじゃないのをいやでも思い出させた。

「坊主《ぼうず》、親父《おやじ》はいるか」

「いません」

「どうせ居留守だろうが。電話に出るように言え」

「ほんとにいません」

太田がかけてきたら、お父さんはいませんって言うんだぞ、と言い含められており、居留守の場合も多かったから、我ながらわざとらしい受け答えだった。太田先生は大きく舌打ちすると、親しみのかけらも感じられない口調で言った。

「だったら坊主から伝えとけ。借りたものを返さないのは泥棒だ。そっちが誠意を見せないなら、こっちにも考えがある、ってな」

セーイってなんだろう、と思ったけれど、もちろん聞かなかった。母親がいるときは、かわりに出てもらった。母親は見えない相手にしきりに頭をさげ、ずっと謝っていた。

こういう状態が一年近く続いていたので、父親が通塾を打ち切らせた理由が、言葉どおりじゃないのはさすがにわかった。基本的には気前のいい父親が、入塾に難色を示したこと自体、おかしかったのだ。

三学期が始まった。おれたちは二学期同様、昼休みに遊び回った。塾をやめさせられ、家ではふさぎがちだったおれは、反動で学校では人一倍はしゃいだ。遊びにはいつの間にか、バレーボールを使った、荒っぽい球技もどきが定着していた。校庭の端と端にある、花壇の前の鉄棒と、体育館の前の植えこみをゴールにして、そこへボールを入れると得点になる。移動する際は、ラグビーみたいに抱えても、バスケットボールみたいに手を使っても、サッカーみたいに足を使ってドリブルしてもよかった。シュートも入りさえすればよく、ルールはないも同然だった。ゲームは男女混合で行なった。里中を始め、何人かの女子がついていけないと離脱したが、それでも参加者は二〇人近かった。秋の全面対決で、女子が普通の球技さえ却下したのを思えば、たいした変化だった。男子にだいぶ感化されたのかもしれない。と言ってもゲームの最中、味方にせよ敵にせよ、男子は女子を自然と気づかったし、女子もそれをうれしがっているようだった。中には、そうされると怒り出す、石野みたいな例外もいたけれど。とにかくおれたちは、昼休みを心待ちにしていた。

しかし、校庭で遊んでいるほかの生徒たちにとって、おれたちの存在は迷惑だった。こんな大人数で遊んでいるグループはほかになかった。夢中になって走っているうちに、だれかにぶつかることはしょっちゅうだったし、投げたり蹴《け》ったりしたパスを、あてでしまったことも一度や二度じゃない。特に川上は、無闇《むやみ》にロングシュートを打ちたがり、絶対入りそうにない位置からボールを蹴るので、人にあたるんじゃないかとハラハラした。それまで不思議と被害は出ていなかったけれど、とうとうその日、やってしまった。ロングシュート！　と叫んで川上が蹴ったバレーボールは、カーブしながら花壇の前に立っている男子にグングン迫った。危ない！　と口々に怒鳴ったものの、間断なくあがる歓声で聞こえなかったらしい。バレーボールは見事に顔面をとらえた。顔を押さえて男子がうずくまると、仲間とおぼしき数人が駆け寄った。おれたちもあわてて駆け寄った。体格から上級生だろうと思っていたが、名札を見ると案の定、全員五年生だった。

「このボール、だれだ」

うずくまっている生徒の横の、「加藤」という名札の五年生が言った。川上がおずおず手を挙げると、加藤が立ちあがり、胸ぐらをつかんで揺さぶった。

「先輩に怪我《けが》させていいと思ってんのか、おい！」

日ごろ陽気な川上が、別人のようにすくみあがり、ペコペコした。おれたちも声を失った。川上より小柄だけれど、加藤にはそれだけの迫力があった。うずくまっていた生徒がゆっくり立ちあがった。「矢島」という名前だった。矢島は川上より背が高く、こすったらしい鼻血が横に流れて、険しい顔がますますおっかなく見えた。矢島は無言で川上に平手打ちを食らわせた。川上が顔をかばうと、反対側からこめかみにもう一発見舞った。よろめく川上を、矢島はさらに殴ろうとしたが、それを石野が鋭い声で制した。

「やめなよ。その子、ちゃんと謝ったじゃない」

頭を抱えこんで腰をかがめている川上から目をあげ、矢島が冷たく石野を見た。

「女のくせにうるせえな」

おれは目をおおいたくなった。そんなことを言われて黙っている石野じゃない。予想どおり食ってかかった。

「女も男も関係ないでしょ。二回も叩《たた》いたんだから、もうやめなよ」

「うるせえんだよ、お前」

加藤がとがった声を出し、ほかの五年生も気色ばんだ。対照的に矢島は落ちついた口ぶりだった。その方が凄味《すごみ》があると計算していたのかもしれない。

「お前ら、前から邪魔くさかったんだ。明日からここで遊ぶんじゃねえぞ」

「そんなの、こっちの自由」

一歩も譲らない石野に、矢島の表情が変わった。オロオロしていたら、チャイムが鳴り出した。矢島はおれたちをにらみつけ、最後に石野に視線を据えると、低い声で言った。

「おれの命令、実行しろよ」

五年生が行ってしまってから、おれは息を吐き出した。ほかにもいくつもため息が漏れた。石野が憎々しげに吐き捨てた。

「ジッコーしろよ、だって。バカみたい」

おれは石野の度胸に感心したが、放課後の話しあいで、感心している場合じゃないのがわかった。議題は明日から、校庭で遊ぶのをどうするかということだった。おれは怖気《おじけ》づき、五年生の言うとおりにしたかったけれど、石野は猛然と反対した。

「顔面シュートはまずかったけど、ちゃんと謝ったんだし、あいつにあんなに叩かれたんだよ。わたしたちには校庭を使う権利があるんだから、あんなやつの言うこと、聞く必要ない」

ケンリってなんだ？　と思ったけれど、聞かなかった。間を置かず、上野がボソッと言った。

「賛成」

これを皮切りに、ヤマキもオン君も賛成した。こうなると、おれも賛成しないわけにはいかなかった。結局、一〇人近くが残った。女子は石野一人になってしまった。抜ける女子はみんなすまながったけれど、石野はいいよいいよと笑ってみせた。

翌日から、昼休みはちっとも楽しい時間じゃなくなった。意地で校庭に出ているものの、いつ矢島たちにからまれるかとビクビクし、ゲームに集中できなかった。ドリブルもパスも遠慮がちだった。あれほど傍若無人だった川上が、一切ロングシュートを打たなくなった。長田がとぅ！　と叫んだりすると、おれはいら立った。

だが、せまい校庭で、いつまでも見つからないはずがなかった。矢島たちがさっそく因縁をつけてきた。ケンリがどうのという言葉を楯《たて》にとり、石野は頑として引きさがらなかった。おれたちはおとなしく遊ぶようになっていたから、むこうも言い分の理不尽さは自覚していたようだが、もはやそういう問題じゃなかった。矢島たちが因縁をつけてくるまで、おれたちはチョコチョコとバレーボールを追いかけた。なにをやっているんだかよくわからなかった。連中の顔つきが日に日に険しくなり、まさに一触即発だった。

父親はファミリーレストランチェーンの経理部長を務めていた。おれが登校したあとに出勤し、ほぼ毎晩飲んできて、おれが寝る前に帰ってくることはめったになかった。土日も家を空けることが多く、二、三週間会わないのもしょっちゅうだった。母親は母親でいそがしかった。電車通勤するようになってからは、朝食の用意をして、おれが起きる前に出勤してしまい、話ができるのは夕食の時間しかないけれど、これも週二回の夜勤、準夜勤の日はなしだった。

親子三人が集まるのは、父親が出かけない日曜日だけだが、これが苦痛だった。前からその傾向はあったものの、この一年、子供の目にも両親の不仲が明らかになってきたのだ。

朝目を覚まし、二階の自室を出るときから不安だった。また二人が喧嘩《けんか》してるんじゃないかと。この不安は十中八九あたった。階段をおりている途中、居間で言い争う声が聞こえてくる。おれが入っていくと、気まずそうに口をつぐみ、父親は朝刊をバサバサ広げ、母親はそそくさキッチンへ立つが、いやな空気の残滓《ざんし》みたいなものが、一日中漂っているような気がした。退塾させられた直後から、おれの手前をつくろうことさえしなくなった。言いあう二人のあいだに割って入ろうとするものの、一顧だにされなかった。父親が手を振りあげたときは、とっさに身を投げ出して母親をかばった。父親はいまいましそうにおれたちを見て、プイッと二階へあがってしまった。母親は肩を震わせて泣いていた。

その日曜日も、階段をおりている途中から言い争いが聞こえてきた。あの声だけはなんべん聞いても慣れなかった。重い足どりで玄関の前を通り、居間に入る。気配を感じたのか、父親が振り返り、ギクッとしたような表情を浮かべた。ローテーブルのむこうの母親が、声高に言いつのった。

「あなた、いま私に言ったことを、もう一度和也の前で言ってください。同じことを言って聞かせてください」

「馬鹿《ばか》なこと言うな、子どもの前で」

ローテーブルには、見覚えのあるものが載っていた。母親に保管してもらっていた、郵便局の貯金通帳だ。どうやらそれが喧嘩の原因らしい。困惑して両親の顔を交互に見た。母親が通帳を開き、記帳されている最後のページを示した。

「和也、お父さんがね」

「やめろ、自分で言う」

あぐらをかいていた父親が正座し、おれを見あげた。おれもつられて腰をおろし、カーペットに正座した。視線の高くなった父親が、照れくさそうに切り出した。

「和也、すまん。お父さん、和也の貯金を使ってしまった。どうしてもお金が必要でな。すまん、悪かった」

父親は膝《ひざ》に両手をつき、頭をさげた。おれは呆気《あっけ》にとられたけれど、腹は立たなかった。子どもじみた行動と言い方がおかしくて、笑いそうになった。

しかし、母親の態度は硬化した。

「あなた、さっきなんて言いました？　子どもの金はおれの金だ、ゴチャゴチャぬかすな、そう言いましたよね。勝手に人の部屋に入りこんで、通帳を持ち出して。子どもの貯金を横どりする親が、どこにいるんですか」

「変な言い方するな、ちょっと借りただけだ。すまん、和也。必ず返すから、な？」

笑いかける父親にうなずいてみせたが、母親はおさまらなかった。

「この子にまで嘘《うそ》をつくのはやめてください。そんなあてもないのに」

「うるさい！」

父親が顔をまっ赤にした。

「なんとかしようと思って、金策に走り回ってるんじゃないか、事情も知らないのに口出しするな！」

「毎晩飲み歩くのが金策ですか」

「なんだと！」

おれは体を硬くした。また手をあげるんじゃないかと思ったからだが、案に相違して、父親は妙に落ちついた声を出した。

「……お前に被害者づらする資格はない」

「なんのことですか」

「ツヤマのことだ」

母親の表情がこわばった。

「おれが知らないと思ってたのか。調べはついてるんだ、お前らのことは」

「やめてください。子どもの前で」

父親が小気味よさそうに笑った。

「虫がいいこと言うなよ、おれ一人に恥をかかせといて」

「わかりました。とにかく、和也の前ではやめてください」

父親はしばらく母親の顔を眺め回してから、立ちあがった。ご飯は？　とたずねる母親に、いらん、と言い捨てると、足音荒く二階へあがっていった。出かける準備をしているらしく、居間の真上がガタガタいった。母親がため息をついて、立ちあがった。

「ご飯、食べようか」

食卓につき、キッチンで母親が鍋《なべ》を温めなおすのを見る。

「……ツヤマってだれ」

思い切ってたずねると、母親がこっちをむかずに答えた。

「なんでもないの。ちょっとした知りあい」

夜中目を覚まし、二階のトイレに入るとき、居間から母親の押し殺した話し声が聞こえてくることがあった。電話は居間と父親の部屋の二つ。帰宅していない父親の部屋に入り、見ていたこともあるけれど、通話中を示す赤いランプはずっと消えなかった。おれがツヤマと聞いたとき、思い浮かべたのはそのことだ。その勘があたっていたかどうかはわからないし、いまとなっては確かめようもない。

その日の朝食は五目ご飯だった。好物にもかかわらず、半分近く残してしまった。

翌日、昼休みにトラブルが起きた。矢島たちは業《ごう》を煮やしていたんだろう。浴びせられる罵声《ばせい》を無視して、バレーボールを抱えて走っていた石野が、だれかの突き出した足で転ばされたのだ。砂ぼこりが舞い立つほど激しい転び方だった。

「パンツ丸見えー」

加藤がおちゃらけて言い、ほかの連中も笑った。石野は勢いよく立ちあがると、止める間もなくバレーボールを矢島に投げつけた。ボールは肩口にぶつかり、大きく跳ね返った。矢島が詰め寄り、手を振りあげた。おれはとっさに石野の前へ出た。母親をかばったときと同じで、無意識だった。矢島が手をおろし、おもしろがっているような顔つきになった。

「なんなの、お前。前から気になってたんだけど。アメアメ坊主《ぼうず》?」

加藤たちが笑った。初めて正面からむきあった矢島は、見るからに酷薄そうだった。石野がうしろから身を乗り出し、しきりにつかみかかろうとした。

「あんたでしょ、足かけたの、謝れ!」

矢島の目が変な光を帯びた。

「いい加減にしとけよ。女でも許さねえぞ」

石野がいきり立ち、おれの頭をグイグイ押しのけようとする。

「織田、どけ！」

「危ないからやめろって」

じゃれあっているように見えたのか、加藤たちがはやし立てた。が、ふざけたムードは、バスッという乾いた音で打ち消された。矢島がおれの腹を蹴《け》りつけたのだ。息が詰まり、腹を押さえてうずくまる。冷ややかな声が頭上から聞こえた。

「今日の五時、ジャングル公園に来い。こっちは五人だけど、そっちは何人でもいいぞ。きっちり勝負してやる」

矢島が嘲《あざけ》るようにつけ加えた。

「そっちの女はスカートで来いよ。また、パンツ見てやるから」

矢島たちが笑いながら行ってしまった。うずくまったまま顔をあげると、石野が唇《ま》を嚙《か》みしめ、連中のうしろ姿をにらんでいた。言い返さなかったのは、暴力を目のあたりにして、こわかったからかもしれない。もちろん、おれもそうだった。

しかし、放課後になると、石野はいつもの強気をとり戻した。むこうが五人ならこっちも五人、と言い張り、自分がまっ先に手を挙げた。いくら止めても聞かなかった。石野が行くとなれば、ナイトを任じているらしいヤマキたちの参戦は当然で、そうなるとおれもやらないわけにはいかなかった。これで自動的にメンバーが五人。川上が熱心に、アリキックの入り方を伝授しようとしたけれど、聞いている余裕はなかった。おれたちが額を集めて話し出すと、ほかの連中はすまなそうに、しかし足早に帰っていった。ヤマキが声をひそめて言った。

「矢島の兄貴、相当やばいって」

ヤマキの兄貴は江淵中の一年で、三年の矢島の兄貴を知っていた。椅子《いす》を投げつけて窓ガラスを割ったり、原チャリで廊下に乗りこんだりしたこともあるらしい。いずれ通う予定の江淵中が、荒れているという噂《うわさ》は何度も耳にしており、そのたびにおれは怯《おび》えたが、顔見知りの兄貴がかかわっているとなるとなおさらだった。石野が馬鹿にしたように言った。

「兄貴の話でしょ。あいつは関係ないじゃん」

「だから、あいつもやばいんだって」

反論するヤマキに、石野がいら立つ様子を見せた。

「なんでいまそんなこと言うわけ。こわいなら山崎、来なくていいよ」

「いや、そうじゃないけどさ」

ヤマキの気持ちはわかった。だれだってこんなことはしたくない。本当は石野だっていやだったろう。でも、そこで尻《しり》ごみするようなやつじゃない。石野が立ちあがり、なにかを吹っ切るように宣言した。

「五時五分前、公団の北側入り口に集合！」

約束の場所へ着いたときには、もう日が暮れていた。二月中旬のその時刻は、風も冷たかった。石野はデニムパンツに着がえていた。メンバーがそろったのを確認し、サッサと歩き出す。

「行くよ」

目指すジャングル公園は、公団の横の国道を横断した、カーショールームの裏側にあった。その名称は、鉄柵《てっさく》に沿ってシュロの木が並んでいることからついたもので、ほかにもリュウゼツランとかキミガヨランとか、熱帯っぽい植物ばかり植えられていた。遊具は、ブランコと登り棒と滑り台だけだった。小高い土手から数十メートル続く滑り台で、見た目のインパクトとは裏腹に、傾斜がなだらかすぎて迫力に欠け、ジャングル公園は子どもたちに人気がなかった。矢島もそれを見越してここを指定したんだろう、そのときも無人だった。公園の左手に建つマンションの灯りは、高いシュロにさえぎられてほとんど届かず、点在する水銀灯と、公衆トイレの照明しかなく、暗かった。

矢島たちはもう来ており、土手の脇《わき》に固まっていた。おれたちはそっちへ歩き出した。自然と石野が先頭になった。目の前まで行くと、矢島が嘲るように言った。

「五人で来たのか。何人でもいいのに」

「不公平はいやだから」

石野の言葉に、矢島がニヤッと笑った。

「お前、なんでスカートじゃないの。脱がさなきゃなんないじゃん」

加藤たちも笑い、横で石野が身を固くするのがわかった。おれもこわくて、気持ち悪くなりそうだった。

「まあ、いいや。せっかく同じ人数だから、タイマンでやってやる。だれから来るんだ。お前か？」

矢島が左端のヤマキを見た。ヤマキは下をむいてしまった。タイマンという言葉は初耳だけれど、一対一を意味すると見当がついた。順番に送られる視線を、上野もオン君もうつむいたり横をむいたりして避けた。しかし石野は、目をそらさず、胸を張って一歩前へ出た。

「結局お前か。情けねえ男ばっかかだな」

矢島がせせら笑った。

「来いよ。パンツまで脱がしてやる」

石野は両方の拳《こぶし》を振りあげて飛びかかった。体育の時間の、水際《みずぎわ》立った身のこなしを見慣れている目には、ひどく不器用に映った。矢島はよけようともせず、石野の腹を鋭く蹴った。乾いた音がして、石野がうずくまる。すかさず押し倒し、馬乗りになった。

「いまからこいつのパンツ脱がすぞー」

うしろで加藤たちが歓声をあげた。身をよじって暴れる石野に、矢島が左右の平手打ちを浴びせた。そのたびに頭がねじ曲がるほど強烈だった。矢島がデニムパンツに手をかけた。石野が暴れるとまた殴った。おれは前へ出た。ロングコートのポケットにドライバーセットが入っている。ドライバー手裏剣を使うのはいまだ。そう思ったのだ。

「なに、アメアメ坊主。お前がやんの?」

「わわ、わ」

「なんだ?」

「わめき立てるとメスが飛んでくぞ、その口ん中へ!」

第一八一話、『闇時計《やみ》』の台詞《せりふ》をやっと言えた。矢島はわめいていないし、おれの武器もメスじゃないけれど、それどころじゃなかった。

「なに言ってんだ、こいつ」

矢島が立ちあがり、ヒョイと脇へ飛んだ。下から突きあげた石野の蹴りが空を切る。憎らしいほど喧嘩《けんか》慣れしていた。おれはポケットに手を突っこんだ。ドライバーセットの蓋《ふた》に手をかけた瞬間、矢島が突進してきた。こっちが仕かけるまで動かないと思っていたから、泡を食った。蓋をはずす前に突き倒され、のしかかられる。立ちあがり、矢島を引きはがそうとした石野が、加藤に羽交い絞めにされた。ヤマキたちもほかの三人に制圧されて動けない。矢島が楽しそうな声をあげた。

「アメアメ坊主のパンツ脱がすぞー」

加藤たちが歓声で応《こた》える。身をよじると、続けざまに平手打ちを食らった。頬の痛みより、体の自由を奪われた恐怖の方が大きかった。なぶるように平手打ちを浴びせつつ、矢島がもう片方の手をブラックジーンズのフロントボタンにかける。おれは懸命に手を動かし、ドライバーセットの蓋をはずした。ようやく刃先をつまんだのは、ジッパーをおろされたときだった。引っ張り出したドライバーを掌《てのひら》の中で回転させ、逆手に持ちなおす。それを力いっぱい、脇腹に押しつけられた矢島の太股《ふともも》に突き立てた。

「ぎゃああああああ」

すさまじい悲鳴があがり、矢島が上から転がり落ちた。ジーンズの太股から黄色い柄が突き出し、生えているみたいだ。加藤たちが動きを止めた。おれはあわただしく別のドライバーをとり出し、敬礼するように振りかざした。

「わあ！」

さっきの台詞を繰り返そうとしたものの、興奮し切って単なるわめき声になった。加藤たちは一目散に逃げ出した。待ってくれよーと弱々しく呼びかけ、ヨロヨロ立ちあがった矢島が、足を引きずってあとを追おうとする。おれはハッとして追いかけた。ずり落ちたブラックジーンズを踏んづけ、前に倒れた。目の前にあった足首をつかむと、一瞬遅れて矢島も倒れた。

「な、なん」

匍匐《ほふく》前進で近づくおれを、矢島が怯えたように見た。にじり寄り、矢島の太股から力まかせにドライバーを引き抜く。父親の工具箱から勝手に持ち出したのを、なくしたらまずいと思ったのだ。相手に怪我《けが》をさせたことより、そんなことに意識がむいていたのが、混乱していた証拠かもしれない。

再びすさまじい悲鳴があがった。反射的にドライバーの刃先に目をやる。ルビー色に染まっているのは、もっとも幅広のマイナス型だった。これで太股の皮膚を突き破られるのは、おそろしい痛みだったに違いない。矢島は泣き出し、足を引きずりながら逃げていった。血痕《けっこん》が黒い染《し》みになっているのを見て、あらためてゾッとした。

「織田、大丈夫？」

ドライバーをケースにおさめているおれに、石野たちが駆け寄ってきた。うなずいたものの、そのときになって震えが止まらなくなってきた。石野が無愛想に言った。

「ズボン」

見ると、脱げたブラックジーンズが、少しはなれたところにあった。ロングコートをカーテンにしてはきなおす。手が震えてなかなかフロントボタンがとまらなかった。

「まずかったね、怪我させたのは」

ふだんの冷静さをとり戻した様子で、上野が言った。まずかった。まずかったのかな。思考能力が極端に落ち、まともに考えられない。石野が鼓舞するように言った。

「しょうがないよ。正当防衛だもん」

セートーボーエー。セートーボーエーか。意味不明な言葉を胸の中でつぶやき、みんなと一緒に出口へ歩き出した。石野がおれの肘《ひじ》をそっとつかみ、しばらくそのままにしていた。なにも言わなかったけれど、石野なりに感謝していたのかもしれない。

事態は上野が危惧《きぐ》したとおりになった。

帰宅した母親が遅い夕食の支度をしているとき、居間の電話が鳴った。矢島の父親からだった。電話に出た母親の顔が見る見る青ざめ、途中から太田先生にするのと同じように、頭をさげ通しになった。

電話を切った母親は、おれをローテーブルの前に座らせ、事情を聞いた。泣きながら話すのに黙って耳を傾けていたが、一度だけ質問した。

「なんでドライバーなんか持ってたの」

「ブラック・ジャックのメス投げが、手裏剣で」

「やっぱりそう」

母親はため息をついた。要領を得ない説明なのに、ちゃんとわかったらしい。

話を聞き終えると、母親は二つのことをきびしく言い渡した。
・ドライバーセットを二度と持ち出さない。
・『ブラック・ジャック』は没収。
泣いて抗《あらが》ったけれど、許されなかった。エプロンをはずしただけの母親が、バッグを持って立ちあがった。

「マンガはお母さんの部屋に運んどきなさい。お母さんこれから出かけるから」

しゃくりあげながら、どこに？　とたずねると、矢島さんのお宅、という答えが返ってきた。

「夕飯はつくってある分を食べて。足りなかったらカップラーメンは上の棚。わかるわよね」

おれも行くべきじゃないかと思ったが、激怒しているだろう矢島の父親に会うのはこわかったし、表情を失ったような顔つきの母親はもっとこわかった。

母親は一二時近くに帰ってきた。ベッドに入ったものの、いっこうに寝つけなかったおれは、すぐに居間へ駆けおりた。

「まだ起きてたの」

母親は疲れ切っているようだった。急に何歳も老《ふ》けて見えた。おれは罪悪感でいっぱいになった。

「お母さん、ごめんなさい」

「いいのよ、あなたは心配しなくても」

おれがポロポロ涙をこぼすと、感情のこもっていなかった母親の声が、やさしくなった。

「いいから寝なさい。もう遅いでしょ」

　それでも寝つかれず、タクシーで帰宅した父親が、母親と長いあいだ言い争うのを聞いた。眠りにつくころには、窓の外がすでに白み始めていた。

　この件に父親はまったくタッチしなかった。母親が学校の呼び出しに応じ、あのあと二度、矢島の家へ足を運んだ。どういう形で決着がついたのかは知らない。これもヤマキの情報によれば、矢島の父親は〝ヤクザみたい〟だったそうだから、慰謝料をふんだくられたりした可能性もある。

　経緯を知っているだけに、クラスのみんなは同情的だった。しかし、ほかのクラスや違う学年の連中は、おれを見かけるとヒソヒソ話を始め、うとましかった。

　おそれていた矢島からの報復はなかった。おれがとんでもない危険人物だと思い違いをしたのかもしれない。

　おれのあと始末に追われるかたわら仕事もあり、母親とは四日間、ほとんど話す時間がなかった。それが土曜日の朝、一階へおりていくと、キッチンに母親がいたので驚いた。本来ならその日も仕事のはずで、いつもはおれが起きる時刻には出勤していたからだ。母親がここ最近見たことがないような、明るい笑顔をむけてきた。

「おはよう」

とまどいながら、おはようと返す。

「和也。お母さんと出かけよう」

「え、学校は？」

「いいじゃない、一日くらいさぼったって」

おれはますます不審に思った。父親とは正反対に、母親はときに堅苦しく感じるほど真面目《まじめ》な人だった。

「今田先生に連絡しておくから、着がえてらっしゃい。ね、おにぎりも用意したし」

言葉どおり食卓には、広げたアルミホイルの上におにぎりがいくつも並んでいた。二階に戻り、いつもの格好に着がえる。隣の父親の部屋からは、物音がしなかった。ゆうべも帰りが遅く、熟睡していたんだろう。

その日はよく晴れて、二月とは思えない陽気だった。母親と並んで、都営団地の横を歩く。

「どこ行くの」

「ここに来る前、三回引っ越したでしょ」

「うん」

「昔住んでた町に行ってみようよ」

「なんで？」

「前から和也と歩いてみたかったの。おもしろそうでしょ。だんだん遡《さかのぼ》って、和也が赤ちゃんのときに住んでた、公団が終点」

おもしろそうだとは思わなかったけれど、異議を唱えなかった。おれは今回のことで、母親から説教らしい説教を受けていなかった。今日の小旅行がその機会だと考えたのだ。おれはげんなりしながら、駅へむかう道をたどった。

ところが、電車に乗りこみ、ガラガラの座席に並んで座ると、母親が意外なことを言い出した。

「お母さんね、あのマンガ読んでみた」

「え、全部⁉」

母親はうなずいた。

「深みがあって、すごくいいと思った」

「でしょー！」

「和也は、ブラック・ジャックのどこが好きなの」

話したいことがあふれてきて、パニックになりかけた。おれは次から次へとまくし立てた。母親はうなずきながら、黙って聞いていた。夢中で話すうちに川を三つ越え、目的地に着いた。

「和也、おりるよ」

九駅はなれた、二歳半から四歳まで住んでいた町だった。

駅を出て少し歩くと、五叉路《ごさろ》に突きあたった。団地が建ち並ぶ光景が広がり、既視感を覚えた。昔見た記憶というより、団地が多いいまの町とオーバーラップしたのかもしれない。構内のまん中をバス通りが貫いている。それに沿って歩き出し、いくらも行かないうちに母親が脇《わき》の芝生にあがりこみ、腰をおろした。

「ここで朝ご飯にしよう」

「いいの？　こんなとこで」

「平気平気。和也も座りなさい。お母さん、お腹《なか》ペコペコ」

母親がナイロンの肩かけバッグから、ナプキンの包みと魔法瓶をとり出した。ナプキンを解《ほど》いてアルミホイルを開き、海苔《のり》がしんなり張りついたおにぎりを見ると、猛烈に食欲がわいてきた。母親に時刻をたずねたら、九時を回っていた。空腹なのも無理はない。

「いただきます！」

おにぎりをむさぼっていると、母親が蓋《ふた》のカップにお茶を入れ、差し出してくれた。

冷まさないと飲めないほど熱かった。がっつくおれとは対照的に、母親はのんびりしたペースでおにぎりを口に運んでいる。

「あそこにアーケードが見えるでしょ」

「え、どこ」

「ほら、あそこ。団地と団地のあいだ」

「うん、わかった」

「あそこのおそば屋さんによく行ったんだけど、和也、肉うどんが大好きでね。うどんだけ先に食べて、肉を全部とってるの。お母さんがわざと、行くよって言うと、あわてて肉を詰めこんで。もう、おかしくって」

母親が楽しそうに笑い、おれは照れくさかった。母親と二人でいると、必要以上に自分が子どもだと感じさせられることが多く、それがいやだった。黙って食べていたら、突然、母親が話題を変えた。

「ブラック・ジャックは、なんで医師免許をとらなかったのかな」

「それはね、いろいろ理由は考えられるけど」

おれはたちまち熱中した。その日の小旅行では、おれの気がそれると母親がブラック・ジャックの話を持ち出す、というパターンが、それからも続いた。おれの操縦なら、お手のものだったんだろう。

「……七三話の『報復』で、ルールってやつがきらいだ、って言ってるんだ。だからきっと、ブラック・ジャックは、自由じゃないとやだったんだよ」

「そっか」

母親は少し考えてから、ポツッと言った。

「でも、ルールは守らないと駄目だよね」

ついに説教か、と身構えたら、コロッと話題が変わった。

「和也はどの話がいちばん好き？」

「ええ⁉」

またパニックになりかけた。『人間鳥』もいいけど、『しずむ女』も好きだ。『めぐり会い』ははずせないけど、『スター誕生』もいい。目まぐるしく頭を回転させるおれをよそに、母親が話し出した。

「お母さんはね、ブラック・ジャックが手術してるあいだ、ピノコちゃんが一人でお留守番してて、台風で家が吹き飛んじゃう話があったでしょ」

「ああ、あれ」

馬鹿《ばか》にするような響きになった。それは第一九一話、『台風一過』だ。台風による停電という最悪の状況の中で、手術に苦闘するブラック・ジャックと並行して、崩壊していく家を守ろうとするピノコの姿が描かれる。当時のおれにとって、ピノコはあくまで脇役でしかなく、ピノコが活躍する回は、あまり好きじゃなかったのだ。

「最後にね、なんにもなくなった家に朝日が射《さ》して、二人でおままごとみたいにむきあって、お茶を飲むの。あれ見たらお母さん、泣きそうになっちゃって」

母親は本当に声を詰まらせた。おれは共感できなくて、そう？と素っ気ない口調で言った。おれの不満を感じとったように、母親がスカートから芝を払い落とし、元気に立ちあがった。

「さて、お腹もいっぱいになったし、そろそろ行こうか」

バス通りに沿って再び歩き出す。いまになって気づいたらしく、母親が言った。

「和也、引きずってる」

少し背が伸びたけれど、ロングコートはギリギリ地面につく長さだった。母親がかがみこみ、裾《すそ》を折り返して、ヘアピンでとめた。

「いいよ」

「駄目。汚れるでしょ」

かっこ悪いと思ったが、逆らわなかった。今日は言うことを聞くしかない、と生意気に考えていた。

アーケードの横を折れ、団地を出はずれた。フェンスではさまれた、用水路を大きくしたような側溝があり、畑と民家が混在している。人通りはほとんどない。東京とは異質なながめだった。

「ずいぶん変わっちゃったな。前はこの辺、舗装されてなくて、長靴じゃないと歩けなかった。いくらやめなさいって言っても、和也は泥を跳ね散らかして歩くのよ」

母親がポツポツと思い出したことを話す。いまの町に越してくるまで、母親は休職し、おれの面倒を見た。近所になくて、幼稚園にも行かなかったから、四年間、ずっと一緒にすごしたことになる。

ところが、二人の記憶が一致しなかった。母親の話すエピソードは、おれの頭からすっぽり抜け落ちていた。反対におれが覚えていることを話すと、母親は胡乱《うろん》な顔をした。どうしてそんな齟齬《そご》が生じたのかはわからない。大人と子どもでは、関心のありかが違ったんだろうか。

ただ、母親の話を聞くのは興味深かった。世界にひとつしかない、おれだけのおとぎ話みたいだった。おれ自身も覚えていない、母親が語る過去のおれは、母親が記憶する限り、生き続ける。自分の存在がだれかに保証されているのは、奇妙に安らかな感じだった。

おれたちが暮らした家はなくなり、かわりに真新しいマンションが建っていた。右手に田んぼが広がり、むこうに大きな神社が見える。いつか目にした絵のように、その風景に覚えはあったけれど、特に感慨もわかなかった。母親がしみじみした声音で言った。

「たった六年しかたってないのにね」

「そう？」

また素っ気ない口調になった。六年と言ったらおれの人生の半分以上で、それだけ時間がたてば、変化があるのがあたり前だと思った。そこをはなれ、来た道を逆にたどり始める。母親が突然言い出した。

「あなたがブラック・ジャックが好きなのは、強いからじゃないかな」

〝強い〟という意味がわからず、返答しかねた。

「ブラック・ジャックは手術の腕一本で世の中を渡っていくし、だれの意見にも左右されないし。危なくなってもメスを投げて、切り抜けちゃうしね」

ドライバー手裏剣のことをあてこすられているようで、ちょっとばつが悪い。

「覚えてない？　ここに住んでるころ、ぼくが強くなってお母さんを守る、って言ってくれたの」

「そうだっけ」

母親がさみしそうに笑った。

「すごくうれしかった。お父さんはぜんぜん家に寄りつかないし、小さいあなたと二人きりで、心細くてね。お母さん、よく泣いてたの。それであなたが、そんな風に考えるようになったんだと思う」

急に父親の話題が出たのにも面食らったし、ブラック・ジャックに対する憧《あこが》れを矮《わい》小化《しょうか》されたようで、納得いかなかった。おれはきっぱり言った。

「ブラック・ジャックが好きなのは、かっこいいからだよ」

「どこが？」

おれはむきになった。

「全部。一匹 狼《おおかみ》で、だれにも頼らないでなんでもできるし」

「一匹狼じゃないでしょ」

「なんで？」

「ピノコちゃんがいる」

またピノコか。おれはイライラした。

「ピノコなんて関係ないよ。あんなの、おまけみたいなもんだから」

「おまけじゃない」

母親が真面目《まじめ》な顔で言った。

「自分を絶対必要としてくれる人がいるから、ブラック・ジャックはがんばれるの」

カッカして反論しようとしたら、なだめるように背中を叩《たた》かれた。

「お母さん、ピノコちゃんのファンだから、どうしてもひいきしちゃうのかな。ここすぎたら、もうすぐ駅だよ。お腹大丈夫？　のど渇いてない？」

五駅はなれた、一歳から二歳半まで住んだ町へ来た。いま住んでいる町へ近づいたけれど、時間はさらに遡り、記憶がますます曖昧《あいまい》になる。駅前のロータリーを抜け、県道に沿って歩いていく。民家より畑の方が多い。車の往来は盛んなものの、人通りは少なく、さびれ具合はさっきの町とあまり変わらなかった。やがて右手に、巨大な生コンクリート工場が見えてきた。鉄骨だらけの建造物や、ほこりっぽい空気に覚えがあるような気がするけれど、自信はない。工場の裏に入っていくと、空き地が目立ち始めた。母親が語る思い出の中のおれは、完全に別の世界の登場人物だった。

「あそこから飛びおりるのが好きで、見て見てって言いながら、何度も飛んでね」

「お母さんが買い物してるあいだ、あのジャングルジムで遊んでたんだけど、ぶらさがって肩が抜けちゃったの」

「そこの原っぱで、青いクローバーを見つけたって、スミヨシ君と一緒に持ってきてくれて」

おれたちが住んでいたのは、建て売り住宅が何軒か並ぶ角地だったそうだが、その一帯は工事中の高いフェンスで囲まれていた。中で作業の音が反響する。母親がフェンスに近づいた。

「中学校ができるんだって」

「へー」

母親はしばらくフェンスをながめていたが、思い切るように振り返り、手を差し伸べた。

「戻ろう」

おれは自然にその手をとった。幼い自分の話を聞き、そのころの気分になっていたのかもしれない。

いまの町へ帰ってきた。二階の改札を抜け、駅前におり立つと、これまでとは比べものにならないにぎやかさだった。やっぱりここがいちばんだ。おれはそんなことを考えた。

商店街の方へ渡り、やって来たバスに乗りこむ。行き先は終点の、川べりの公団。空《す》いている車内で、二人席に並んで座った。バスはロータリーを左に折れ、直進して四丁目の公団をすぎ、突きあたった国道でまた左折した。一五分ほどで目的地に着いた。降車して、大きな駐車場の横を通っていくと、視野いっぱいに団地があらわれた。八〇棟もあるから、そこだけで完結した島宇宙みたいだった。

「住んでたのは47号棟」

母親が思い出したように、もう一度手を差し伸べてきた。いまの町に戻ったことで、さっきまでの気分が抜けたおれは、それを無視した。母親は照れたように笑い、普通に手を振って歩き始めた。

四丁目の公団と同様、団地はすべて五階建てだが、間どりによって外観が異なった。3DKの棟は立方体、2DKの棟は横長の、1DKの棟は縦長の直方体だった。広々した車道に沿って、ズラッとサクラが植えられている。春になったら見事だろうが、まだつぼみにもなっていなかった。ときおりゆっくり車が通る。干した布団《ふとん》を叩く音が間遠に聞こえ、のどかだった。歩きながら母親が話し続ける。

「あそこのスーパーの自動木馬が好きで」

「ひどいおできができたから、あの床屋さんで坊主《ぼうず》にしてもらったのよ」

まったく覚えていなかった。たくさんの団地にもかかわらず、初めにおりた町で抱《いだ》いたような、既視感もない。公団の北の境界線になる川は、鉄柵《てっさく》にところどころ切れ目があり、土手をおりてすぐそばまで行くことができた。以前、江淵小のみんなと、オタマジャクシをとったことがある。しかし、それはもっと西の、電車の鉄橋が見える川辺で、公団に足を踏み入れるのは、住んでいたとき以来だった。

アスレチックジムのある公園に差しかかったところで、母親が足を止めた。

「お昼にしようか」

公園の時計台に目をやると、一二時すぎだった。母親と並んでベンチに腰をおろす。小さい子どもがヨチヨチ歩き回り、その母親らしい女たちが数人、立ち話をしていた。母親が肩かけバッグから、朝とは別のナプキンの包みと、魔法瓶をとり出した。またおにぎりだけれど具材は違い、お茶はちょうど飲みごろになっていた。

「47号棟ってどこ？」

「もう少し。集会所の横を通った、川の前」

母親は、おにぎりを持った手で公園の中をグルッと示した。

「覚えてない？　ここは変わってないよ。あんな風によく遊んだんだけど」

「無理だよ、そんな昔のこと」

「そうかなあ」

母親は笑い、唐突に言った。

「ブラック・ジャックの本、返してあげる」

「ほんと⁉」

「うん。あなたの宝ものだからね。でも、もうちょっと待って。お母さんもまだ読みたいから」

「うん！」

元気になったら便意を催した。公衆トイレで用を足してから、出発する。47号棟まで二分もかからなかった。歩道から棟の南側の芝生にあがる。母親が額に手をかざし、もう片方の手で上の方を指さした。

「あそこ。左から二番目の、５０４号室」

「ふーん」

気がないおれに頓着《とんちゃく》せず、母親が説明した。

「玄関を入ると、すぐ右側がトイレとお風呂《ふろ》、正面が小さなダイニングキッチンでね、左側が六畳間だったの。せまくてせまくて」

母親が懐《なつ》かしそうに続けた。

「お母さんの鏡台なんか、タンスと壁にはさまれて、ちゃんと開けなくてね」

「キョーダイってなに？」

「見たことあるじゃない。細長い鏡が三つついた、お化粧するときの台」

不意に、鮮明な記憶が蘇《よみがえ》ってきた。畳の上に女座りをした母親が、開き切らない鏡台をのぞきこんでいる。おれの視点はやけに低い。母親の斜め後方を、這《は》っているためだ。ベランダから日が射《さ》しこみ、まん中の鏡に反射している。その光に興味をひかれ、そこに目線をあわせようとした。つまり、立ちあがったのだ。母親が振りむき、目を丸くする。母親は顔を輝かせ、おれを抱きしめた。なにか叫びながら、何度も何度も頬を押しつける。

「思い出した」

「え？」

「お母さんが鏡見てるとき、おれ、初めて立ったんだ」

母親が目を丸くした。一〇年分老《ふ》けた顔に、記憶の中の顔が二重写しになる。

「……覚えてたの」

「急に思い出した。あ、お母さんも覚えてた？」

「もちろん。あの日のことは、一生忘れない。私の目の前で、和也が立った」

「よかった。やっと話があった」

笑ったらいきなり抱きすくめられた。母親は小柄だが、おれよりは背が高かった。首を深く折り曲げ、ロングコートの肩に額を押し当てる。パーマをかけた短めの髪から、ヘアスプレーの甘いにおいがする。脇《わき》の歩道を通る人が不思議そうに見るので、恥ずかしかったけれど、振りほどけなかった。母親が泣いているのに気づいたからだ。

「……どうしたの？」

「ごめん。ごめんね」

「別にいいけど」

母親はおれにしがみつき、泣きやまなかった。おれは困って、背中をなでた。ポカポカした陽射しを浴びながら、なで続けた。

母親がいなくなったのは、その二日後だった。

死神と一緒

五年になる直前、四度目の引っ越しをした。おれと父親はあの日訪れた、川べりの公団に移り住むことになった。

引っ越す数日前、背広の男たちが何人もやって来て、多くの家財道具を持ち出していった。テレビもエアコンも本棚もなくなった。残ったのは小型冷蔵庫と、ガタの来た洗濯機くらいだった。

母親の部屋に置いてあった『ブラック・ジャック』には、おれ宛《あ》ての手紙がはさまっていた。いろいろ書いてあったけれど、言いたいことは最後の一行に尽きる。

「ごめんね、和也。」

母親はそれっきり音信不通で、その後《ご》どうなったのかわからない。

引っ越しの原因が父親の仕事の失敗だというのは、察しがついた。でも、父親はくわしい事情を話さなかったし、おれはおれで急激な環境の変化に、それを気にしている余裕はなかった。

おれたちの新居は、川の前の22号棟304号室。1DKだった。棟こそ違うが、生まれたころと同じ環境に戻ったわけだ。母親はそうなるのを知っていたんだろうか。

自室もあった一軒家から、段違いにせまい家に変わったものの、これはさほど苦痛じゃなかった。つらかったのは、母親がいないことと、学校を変わったことだ。四年が終わるまで、片道三〇分近くかけていままでの学校に通い、五年から転校が決定した。泣いていやがったけれど、学区の関係だとかでどうしても認められなかった。最後の日はクラスで送別会を開いてくれた。「さようならアッチョン」という横断幕の下で、これからもちょくちょく遊ぼう、とヤマキたちと約束した。みんなからちょっとしたプレゼントがあった。石野は手づくりのプレゼントをくれた。ギザギザの頭に黒いコートを羽織った、フェルトの人形だった。

春休み、四月から通う、森塚小を下見した。森塚小は公団から徒歩で四、五分のところにあった。できて五年目で、江淵小とは比べものにならないほどきれいだった。校庭の南端に、金網で囲まれた送電線鉄塔が建っているのが目をひいた。団地に住む子どもが予想以上に増えたため、急遽《きゅうきょ》新設されたらしい。新学期に渡された生徒名簿によれば、九割近くが団地の住人だった。

父親は初め、おれのために朝食をつくろうとした。しかし、生活は相変わらず不規則で、決まって帰りが遅かった。階段をのぼってくるおぼつかない靴音に目を覚まし、枕《まくら》もとの時計を見ると、午前二時、三時ということもざらだった。そんな生活じゃ、早起きできるわけがなかった。父親は二、三日いやに大きく不恰好《ぶかっこう》なおにぎりをこしらえただけでこの試みを放棄し、以後、店で出している料理を、プラスティックの容器に入れて持ち帰るようになった。サイコロステーキとかとろけるチーズのかかったハンバーグとか。電子レンジもなくなっていたから、朝は冷蔵庫に入れてある、冷たいのを食べた。むかいの六畳間の襖《ふすま》は閉まったままで、中で寝ている父親が起き出してくることはめったになかった。

夕食もファミリーレストランだった。四丁目の公団の国道沿いに、そのチェーン店があったのだ。毎日夕方になると、自転車でそこへ通った。話は通してあるからなんでも好きなものを頼め、と言われたけれど、気がひけるので安価なメニューを注文していた。遠足で持たされる弁当も店のもので、年がら年中ファミリーレストランの料理ばかり食べた。その反動でいまでも、おれはファミリーレストランが好きになれない。

新学期登校初日。全体の始業式は翌日で、五、六年生のみの登校日だった。おれは黒いセーターにブラックジーンズを身につけ、黒いロングコートを羽織った。いつものブラック・ジャックの扮装《ふんそう》だ。それはおれにとっての戦闘服だった。新しい環境へ乗りこむのに、その服装以外は考えられなかった。ドライバーセットも仕こみたかったが、母親の言いつけを守り、思いとどまった。

階段をおりて外へ出ると、春風が気持ちよかった。車道沿いに続くサクラ並木を、何人もの小中学生が歩いている。散り始めた花びらが舞い、花吹雪という表現がぴったりだった。小学生はみんな、濃紺の学童帽をかぶっていた。森塚小ではその着用が義務づけられており、ヘアスタイルが崩れるのが気になったけれど、仕方なくおれもかぶっていた。ときどきチラチラと視線をむけられた。黒ずくめの格好が、奇異に映ったのかもしれない。

学校に着いた。正門を入ると右手に校舎があり、それに接してもうひとつの校舎が、東西を貫く車道に平行して建っていた。車道のむこうには都営団地が建ち並んでいた。生徒たちが車道側の校舎へ歩いていくので、おれも続いた。ここでもチラチラと視線をむけられた。昇降口の脇《わき》にクラス名簿が貼《は》り出されており、おれは五年四組だった。教師たちの指示に従い、朝礼台の前に整列する。話し相手がいないので、おれは集団の最後尾に並んだ。そばに金網で囲まれた鉄塔がそびえていた。近くで見るといっそう異様だった。

「五年一組、柴崎《しばざき》先生」

やがて朝礼台にのぼった校長が、各クラスの担任を発表し始めると、生徒たちはいちいち大げさに反応した。四組の担任は、桑野という小柄な女性教師だった。その発表を聞いて、前の二人の男子がげーっと小声で叫んだが、おれにはなんの感想もなかった。

江淵小でもさんざん聞かされたような訓話を校長から聞いたあと、担任の誘導で、全員新しい教室へ入った。五年四組は車道側の校舎の二階だった。めいめい勝手な席に座る。そこしか空いていなかったので、おれは教卓のまん前に座った。いままで以上に露骨な視線を感じる。ヒソヒソ噂《うわさ》しているのも気配で伝わってくる。さっき見たクラス名簿によれば、五年四組の生徒数は三六人。数が絞られて異分子の存在がいよいよ目立つようになったんだろう。しかし、そういう周囲の反応は予想していた。簡単な挨拶《あいさつ》を終えた桑野から、自己紹介するように言われたときもあわてなかった。初めが肝心だとわかっていたのだ。黒板の前に立たされたおれは、三五人の顔を見渡してハキハキと言った。

「江淵小学校から転校してきた、織田和也です。よろしくお願いします！」

「どんな字書くの？」

一人の男子が質問したのを受けて、桑野がおれにチョークを持たせた。黒板に大きく名前を書いたら、おーと声があがった。

「うちどこ？」

「あだ名なに？」

「なんでマント着てんの？」

「はいはい」

桑野が笑顔で制した。

「いっぺんに聞かれたら、織田君が困るでしょ」

桑野が笑顔のままこっちを見た。おれに答えさせるつもりらしい。これも予想どおりだった。

「うちは、川のそばの公団」

「あ、おれ、朝見かけた」

言葉を続ける前に、長髪の男子が腰を浮かせた。

「なんか、死神みたいだった」

笑いが起きる。桑野にやわらかい口調でたしなめられ、長髪はおどけた顔つきで腰をおろした。騒然とした雰囲気に負けないように、おれは声のボリュームをあげた。

「あだ名は、アッチョン」

言ったとたん、さらに騒がしくなった。

「なにそれー」

「オダカズヤって、一個もアッチョンに関係ないじゃん」

「ひょっとしてあれじゃねえ？　ブラック・ジャック」

「ああ、ピノコだピノコ」

さっきの長髪がまた立ちあがり、両手で頬を押しつぶして叫んだ。

「アッチョンブリケー」

再び笑いが起きる。あとから知ったことだが、森塚小でも二年ごとにクラスがえが行なわれていた。桑野に受け持たれるのが初めてだったり、友だちが少ない連中なんかは、お追従《ついしょう》笑いを受かべる程度だったろうが、そのときは全員に嘲笑《ちょうしょう》された気がした。この日のために自己紹介のリハーサルを重ねてきた。そこでみんなに好印象を与え、うまく溶けこむはずだった。ところが実際には、ろくに話を聞いてもらえないどころか、笑いものにされている。押し寄せるピノコだのアッチョンブリケだのいう合唱に、カッとなって大声を張りあげた。

「おれは、ブラック・ジャックだ！」

一瞬シーンとした後、爆笑が起きた。

「なに言ってんの、こいつー」

「どう見ても死神だろ」

「髪型も変だし」

「おれは、ブラック・ジャックだあ！」

長髪がふざけて真似《まね》をすると、笑いがいっそうけたたましくなった。

「はいはい、静かにする」

桑野がたしなめたものの、ざわめきはしばらくやまなかった。桑野に促され、席に座る。当分座席はこのままで、という桑野の言葉を聞きながら、おれは憮然《ぶぜん》としていた。初めが肝心なのに、失敗してしまった。二日後に授業が始まり、そのことがはっきりした。おれについた新しいあだ名は、〃死神〃だった。それはドクター・キリコだ、と胸の中でつぶやいたけれど、口には出さなかった。

おれは毎日黒ずくめの格好で登校した。死神呼ばわりされたことで意地になったのだ。長髪の男子は健司といい、似たようなお調子者の男子数人と一緒に、あれからもおれをからかった。授業中にそれが顕在化すると、桑野が注意したけれど、あまり効果はなかった。二〇代後半にもかかわらず少女っぽい桑野は、きつい叱《しか》り方ができなかった。おれも初めからあてにしていなかった。教師に頼るのはポリシーに反した。おれは健司たちを超然と無視した。もちろん念頭にあったのは、少年時代のブラック・ジャックだ。クラスで孤立したおれは、その境遇に自分を重ねあわせた。母親の不在という共通点も、その思いこみを強化した。そもそもブラック・ジャックの扮装をしなければ、すんなり受け入れられたかもしれないが、そんなことは考えもしなかった。エスカレートする健司たちのからかいに耐えながら、自分がどんどん強くなるような気がしていた。

しかし放課後、遊び相手がいないのはつらかった。公団の敷地内には、大小あわせて一〇以上の公園があった。いろんな年齢の子たちが遊んでいたけれど、新参者のおれはどこにも入れなかった。クラスのだれかを見かけると、自分から遠ざかった。学校の外でまでからかわれるのは、さすがにいやだった。

そこでおれは自転車に乗り、江淵小のみんなが遊んでいる界隈《かいわい》まで遠征するようになった。ヤマキもオン君も上野もいた。みんな歓迎してくれた。学校によって明確な違いがあった。森塚小では野球全盛だが、江淵小では〝天下〟と呼ばれるボールゲームが流行《はや》っていた。流行のうち遊びにしても、森塚小ではスーパーボールキャッチだが、江淵小ではスーパーカー消しゴムのレースだった。おれは毎日夢中で遊んだ。学校でできない分、思い切りしゃべり、走り回った。でも、だんだん居心地が悪くなってきた。五年からのクラスがえで、三人ともバラバラになっていた。新しいクラスでできた、おれの知らない顔が遊びに加わり出すと、肩身のせまい思いをするようになった。特に気詰まりだったのは、江淵小の新しい話題にぜんぜんついていけなかったことだ。おれがとり残されているのに気づき、こっちの様子をたずねてくれるものの、話せるようなことはなにもないし、せっかく盛りあがっているのに、水を差してしまうのが悪かった。おれがいない方が楽しいんだろな、という考えは、頭の隅へ追いやった。それを認めるのは、あまりに苦痛だった。

ある日、ギクシャクした関係を一新しようと、おれは提案した。ふだんは一人で夕食をとっているファミリーレストランに、みんなを招待したのだ。その日はオン君と上野に、初対面の三人組がメンバーだった。

「え、おごり⁉」

オン君が声を弾ませた。

「うん。お父さんの勤めてる店だから、なに食べてもタダ」

「でも。なあ」

三人組がためらっているので、強く出た。

「いいっていいって。どんどん友だち連れてこいって言われてるし」

行こうか、と上野がボソッと言ったのが決め手になった。いつもおれが案内される、窓際《まどぎわ》のボックス席に腰を落ちつけた。歩道のむこうの国道を、ヘッドライトやテールランプが行き交っていた。

「ナポリタン」

「ハンバーグ定食」

「みぞれトンカツ定食」

「和風ご膳《ぜん》」

「なにそれ、しぶー」

「あ、その前に、ジュースジュース」

「じゃあおれ、アイスフロート」

「あ、パフェもある」

「やっぱおれ、アイスフロートやめて、チョコバナナパフェ」

注文する段になったら、みんな遠慮しなかった。おれはサンドイッチしか頼まなかった。友だちを連れてこいと言われたことなんかないから、あとで叱られるんじゃないかと心配だった。

それでも注文の品がズラッと並び、にぎやかに食べ始めると気分が浮き立った。デミグラスソースを頰につけたオン君が、陽気に言った。

「こんないっぱい食べたら、うちで食べられないかも」

「いいよ。うちの飯なんて、うまくないもん」

「だよなー」

「ぼく、ここのハンバーグ、死ぬほど好き」

うっとりしながら口をモグモグしているオン君を見て、うれしくなった。

「また来ようよ」

「ほんとに⁉」

おれは笑った。

「いつでも言ってよ。またおごるから」

オン君が三人組と顔を見あわせ、歓声をあげた。すると、いままで黙っていた上野が口を開いた。

「まずいと思うよ」

「なにが」

落ちついた口調に、いやな予感がした。

「ここのお金、全部アッチョンのお父さんが払うんでしょ。何度もそんなことするの、やっぱりまずいよ」

ほかの四人が気まずそうにうつむいた。冷や水を浴びせられたような気がした。貧乏になって引っ越したのを、みんな知ってるんだと思った。やがて、三人組の一人が、空気を変えるように明るい声を出した。

「前はアッチョンって呼ばれてたんだね。なんでアッチョンなの?」

「前は、って、いまもでしょ」

オン君が不審そうな表情になった。自分の顔から血の気が引くのがわかった。聞かれるまま、新しい学校でもそう呼ばれていると、嘘《うそ》をついていたのだ。

「森塚小に知りあいがいて、そいつに聞いたんだけど……」

三人組の一人の語尾が曖昧《あいまい》に消えた。まずいことを言ったのに気づいたらしい。ほかの四人もそれ以上追及しなかった。白けたムードで黙々と口を動かす。席を立ったとき、テーブルには大量の食べ残しがあった。

案の定、店で大盤ぶるまいをしたのを、父親に注意された。そういうのはちょっと困るんだよ、と懇願するような言い方が、かえってこたえた。

おれはそれっきりだれにもおごらなかった。江淵小のみんなに会いに行くこと自体やめた。自分がみそっかすだということを、遅まきながら認めたのだ。

一度、夕食の帰り、石野が住んでいる20号棟のまわりをうろついたことがある。二階にあがってチャイムに手を伸ばしたが、押せなかった。あきらめて階段をおり、ベランダ側から201号室の灯りをながめた。二〇分近くもそうしてから、自転車をとめた場所へ歩き出した。石野なら元気づけてくれそうな気がしたけれど、それはおれの思いこみにすぎない。もし会って、石野にまで邪険にされたら、立ちなおれそうになかった。

森塚小の教室で、おれは頑《かたく》なな態度を貫いた。みんなが盛りあがることがあっても、一人だけムスッとして笑わなかった。

特にいやだったのが、四月下旬の授業参観。平日の午後、教室のうしろに並んでいるのは、すべて母親だった。授業中なのに、振りむいて手を振ったりしているやつもいた。甘ったれ、と胸の中で毒づいた。去年まではおれの母親も、シフトを調整して必ず来てくれたけれど、そのときには感謝より、気恥ずかしさの方が先に立った。

でも、見守ってくれる人がいなくなったいま、見守ってくれる人がいる連中に、どうしようもなく腹が立った。第一二五話、『不発弾』では、自分から母親を奪った爆発事故の犯人に復讐《ふくしゅう》を誓う、まだ子どものブラック・ジャックが描かれる。ナイフを握りしめ、目に涙を浮かべるブラック・ジャックを見ていると、同じように涙ぐみそうになった。おれはやり場のない怒りを抱え、教室でますます頑なになった。

ゴールデンウィーク中の日曜日、ダイニングキッチンで『ブラック・ジャック』を読み、父親が起きるのを待っていた。休日の昼食だけは、ファミリーレストラン以外で食べた。近所のラーメン屋か持ち帰り弁当。たいした食事じゃないけれど、数少ない楽しみだった。

六畳間の襖《ふすま》が開いたのは二時すぎだった。パジャマの父親は、おはよ、とくぐもった声でつぶやき、引きずるような足どりで洗面所へ入った。顔を洗い、うがいをして戻ってくると、テーブルの前に腰をおろし、胸ポケットから煙草《たばこ》をとり出した。

「和也、あっちからお父さんのバッグ持ってきて。あ、それと、灰皿も」

おれが渡すのを受けとって、サイドバッグから銀のライターをとり出し、煙草に火をつけた。フィルターを嚙《か》み、手を使わずに煙草をふかしながら、今度は革の札入れを引っ張り出した。

「お昼代、一〇〇〇円。お父さん食欲ないから、好きなもん食べといで」

灰皿に灰を落とし、つけ加える。

「お釣りはあげるよ。ゴールデンウィークの特別ボーナス」

父親と二人暮らしを始めてから、小遣いをもらうのは初めてだった。が、一人で昼食をとらされるのはめずらしくなかった。せまいダイニングキッチンにアルコール臭がムッとしていた。ゆうべもさんざん飲んだだろう。経済的に逼迫《ひっぱく》していたはずなのに、どうしてああ毎日飲んでいられたのか、いまだによくわからない。

ブラックジーンズに一〇〇〇円札をねじこみ、玄関にむかいかけてふと思った。

これで電車乗ったら、どれくらい遠くに行けるだろう。

おれは母親のことを考えていた。どこにいても、片道一〇〇〇円もあれば会いに行けると思った。それまで母親のことは聞かなかった。手紙の文面から、母親が過去と訣別《けつべつ》しようとしているのは明らかだったし、父親にも遠慮していたためだが、本当は会いたくて仕方なかった。いったん思い浮かべると、いても立ってもいられなくなった。それでも言い出しかねてもじもじしていたら、父親からたずねてきた。

「どうした？」

「あのさ」

ためらいを振り払い、思い切って言った。

「お母さん、いまどこにいるの？」

父親は煙を吐き出し、煙草を灰皿にギュッと押しつけた。

「知らん」

取りつく島のない言い方に、言葉を失った。口を開く前に父親が言った。

「母さんはおれたちを捨てたんだ。どこにいるかも、どうしてるかも知らん。この話はもう、二度としたくない」

父親が正面からおれを見た。

「わかったね」

疲れて充血した目だった。父親は折れた煙草のフィルターをもみほぐし、粉々にしていた。手が勝手に動いているみたいだった。その様子は哀れっぽかったけれど、自分の方がもっと不当な目にあっている気がした。六畳間に入り、パイプハンガーにかかっているロングコートをつかんだ。呼びかけを無視してスニーカーを突っかけ、そのまま玄関から飛び出した。

その日は薄曇りで、肌寒かった。おれは棟の北側に回り、川に沿って歩き出した。構内の境界線まで、左手には細長い公園が続いている。ふだんほどの人数じゃないが、やはり子どもたちが遊んでいた。それを避けて、鉄柵《てっさく》の切れ目から雑草が生い茂る土手をおり、川のほとりを歩く。細い土の道だ。おれは西へむかった。あてもなく、なんとなく江淵小のみんなとオタマジャクシをとった場所を目指した。ほとりにはおれ以外、だれもいなかった。汚れて悪臭さえ漂う川に近づくのは、物好きな子どもくらいと相場は決まっていた。幅一〇メートル近い川の水は深緑色に濁り、ほとんど動きがなかった。それでも川面《かわも》から突き出した、藻がからみついた廃棄バイクのサイドミラーのまわりには、微《かす》かな水紋ができていた。

においに鼻が麻痺《まひ》したころ、大きなコンクリートの橋をくぐった。あたりが暗くなり、ゴーッという車の走行音が反響する。毎日行くファミリーレストランの横の国道が、上を通っているのだ。さらに進んでもう一度橋をくぐると、前に遊んだ場所は近かった。右側の土手の上には、ポツポツと民家が建ち並んでいる。歩いている側の土手の上には、ゴルフ練習場のネットが見える。それが途切れたあたりでしゃがみこんだ。前方に背の高い葦原《あしはら》があり、その数十メートル先を、右に蛇行する川を横切って、鉄橋がかかっている。葦原はまるで竹藪《たけやぶ》のようで、川から生えているのが奇妙に思えた。おれはその根もとに目を凝らした。そこでオタマジャクシをとったのだが、今日は見あたらなかった。もっとそっちへ近づこうとしたとき、いきなりうしろから声をかけられた。

「なにしてんだ」

ギクッとして振り返った。同じ年くらいの女の子がすぐそばに立っていた。まったく人の気配がなかったから、不意打ちだった。答えられないおれに構わず、女の子が隣にしゃがみこむ。

「なんかいるのか」

女の子はおれが見ていた方に目をむけていた。

「……オタマジャクシ」

「いたか」

「いなかった」

「そうか」

おれは横目で女の子をうかがった。女の子は全身黒ずくめだった。まつ毛が長く、形のいい鼻をしていた。肌は白磁のようで、小ぶりな唇が鮮やかに赤かった。背中にかかる真っ直《す》ぐな黒髪と相まって、日本人形みたいだった。不意に、女の子がこっちを見た。黒い部分と白い部分のコントラストが際立《きわだ》つ、切れ長な目だった。奥の奥まで見通すような強い視線に、おれはたじろいだ。なんか言わなきゃ、と急にあせった。

「何年生？」

「なにが」

「なにがって、学校だよ。小学何年生？」

「ガッコ？　ああ、学校な」

女の子がうなずいた。

「行ってない」

「なんで⁉」

女の子がおもしろがっているような口調になった。

「お前は行ってるのか」

「あたり前だろ」

「楽しいか」

一瞬言葉に詰まったが、本音を漏らした。

「ぜんぜん」

女の子が弾《はじ》けるように笑った。一気に光が放射されるような、エネルギーに満ちた笑顔だった。

「なら行かなきゃいいじゃないか！」

おれは驚いた。

「なに言ってんだよ、無理に決まってんだろ」

「なんで」

女の子がいぶかしげな表情に変わった。そうすると急に子どもっぽくなった。

「ほんとに知らないの？　義務教育だぜ」

「ギムキョーイク、ああ、義務の教育か」

よくわからないことを言うと、女の子は再び、すべてを見通すような強い視線をむけてきた。ドギマギしたが、目をそらせなかった。女の子がニッと笑った。

「お前、友だちいないんだな」

痛いところをつかれ、ムッとした。

「学校行ってないなら、そっちもだろ」

「まあまあ」

女の子が親しげにおれの肩を叩《たた》いた。

「友だちになってやるよ」

うれしかったけれど、素直に喜べなかった。女の子があまりに風変わりだったからだ。おれはたずねた。

「うちどこ?」

「そこ」

女の子は川の中ほどを指さした。嘘つけ、と言いたいのをこらえ、質問を重ねる。

「何歳?」

「んー、何歳だっけな。忘れた」

「名前は?」

「やっぱり名前だ!」

女の子がまた弾けるような笑顔を見せた。

「絶対聞くと思ってた!」

女の子が笑いかける。

「お前が好きな名前、つけていいよ」

おれは困惑していた。こんな変わった子には会ったことがなかった。女の子が楽しそうに続けた。

「どうだっていいんだよ、名前なんて。どうだっていいから、どんな名前でもいいんだ」

筋が通っているようないないようなことを力強く言い、おれの顔をのぞきこんだ。

「なんでもいいよ。お前の好きな名前で呼べよ」

「……めぐみ」

ぽろっとブラック・ジャックの最愛の女性、如月めぐみの名前がこぼれ出た。女の子あらため、めぐみがうなずいた。

「メグミな。わかった。それで、お前の名前はなんだ」

今度は迷わなかった。めぐみと言ったとき、もう決まっていた。おれはブラック・ジャックの本名を口にした。

「黒男」

めぐみが笑って手を差し出した。

「よろしく、クロオ」

おれはめぐみのほっそりした手を握った。頬の筋肉が動き、自分も笑顔になっているのがわかった。

おれはそれから、毎日めぐみと遊んだ。待ちあわせ場所は、初めて会った葦原のそば。待ちあわせの時刻は決めたことがない。クロオが来ればすぐわかる、という言葉どおり、おれがそこへ行くと、めぐみは一分もしないうちにどこからともなくあらわれた。どこからともなく、というのは比喩《ひゆ》じゃない。肩を叩かれて初めて、そこにいるのに気づくのだ。どんなにキョロキョロ周囲を見回していても無駄だった。どっから出てくんだよ? と聞いたら、めぐみは笑って川の中ほどを指した。

別れるときはもっと不思議だった。日が落ちて、あたりが暗くなると、めぐみはいつの間にかいなくなった。今日こそ見届けようと思うのに、なぜか必ず意識がそれる瞬間があり、ハッとするとめぐみはもういない。どこに帰るんだという問いかけにも、笑って川の中ほどを指すだけだった。そういう別れ方だから、おれは毎日不安だった。これっきり会えないんじゃないか。本当はめぐみは幻なんじゃないか。

一緒にいるあいだ、めぐみにはちゃんと実在感があった。黒いダウンベストも、カットソーも、デニムのスカートも靴下もスニーカーも、どこでも売っていそうなものだった。しかし、別れたとたん、めぐみの印象はぼやけ出し、黒ずくめのきれいな女の子、という抽象的な存在に変わってしまう。翌日、川のほとりで肩を叩かれるまで、不安は拭《ぬぐ》い去れなかった。

おれはだんだん、めぐみが普通の人間じゃないと思うようになった。少しもこわさは感じなかった。その方がむしろ、自然な気がした。

川のそばからはなれたがらない(はなれられない、とめぐみは言った)ことと、初めて会った日に握った手がおそろしく冷たかったことから、おれは、めぐみが川で溺《おぼ》れ死んだ女の子だ、という結論に達した。

ある日、土手の斜面に並んで腰かけているとき、その考えをぶつけてみた。めぐみは興味深そうに聞いていた。

「クロオ、なかなか鋭いな」

「正解？」

「ところどころ。でも、死んだのはここじゃない」

予想していたものの、やはりショックだった。

「めぐみ、幽霊なの？」

めぐみはカモジグサを引き抜き、振り回した。

「クロオが思ってるようなんじゃないよ。クロオとは少し違う形で、少し違う世界に生きてるだけだ」

めぐみが思い詰めたようなまなざしをむけてきた。

「命は絶対、消えることができないんだ」

フッと表情がやわらぐ。

「初めて会った日、あそこにうずくまってたろ？」

カットソーの袖口《そでぐち》から細い手首をのぞかせ、めぐみが下に見える葦原の手前を指さした。

「真っ黒なかたまりみたいで、仲間かと思ったんだ。すぐ違うってわかったけど、クロオ、おもしろそうだったからさ」

黒いロングコートのおれは、死神って呼ばれてる。ってことは、めぐみの正体は死神か？

あまり愉快な想像じゃなかったので、別のことを口にした。

「めぐみ、口裂け女だったりして」

怪訝《けげん》そうな顔になった。

「なんだそれ」

「知らないの？」

おれは説明してやった。口が耳まで裂けてて、鎌《かま》で人を襲って、一〇〇メートルを三秒で走って。

めぐみが急に大声で笑い出した。

「そんなのいるわけないだろ！　馬鹿《ばか》だなあ！」

やたらめぐみが楽しそうなので、おれもわだかまりを忘れ、一緒に大声で笑い出した。

いつもおれたちは、土手に生えている雑草で遊んだ。シロツメクサで首飾りをつくったり、オオバコの葉の筋の長さ比べをしたり、カヤツリグサの茎で引きあって相撲をしたり。しかし、六月になって梅雨が始まると、表で遊べない日が多くなった。おれたちは遊び場を、土手をのぼったところにある高層マンションに移した。その辺までなら川からはなれても大丈夫だったらしい。マンションでできる遊びは、階段を使ったジャンケングミくらいしかなく、ちょっとつまらなかった。

その日、並んで階段に腰かけているめぐみにブラック・ジャックの話をしたのは、ほんの退屈しのぎのつもりだった。この話題を女子にまともにとりあってもらったことがないから、別に期待していなかったけれど、思いがけず熱心に聞いていた。歩道にさーっと雨が降り、夕方でもないのに薄暗かった。黒ずくめのめぐみの輪郭は周囲に紛れ、瞳《ひとみ》が弱い光を集めて、なにか言うたびにキラッと反射した。めぐみはマンガというものが理解できず、突拍子もない質問を浴びせてきた。

「そいつ、どこにいるんだ」

「崖《がけ》の上のあばら家に住んでる。近くに海があって、シャチと泳いだこともあるんだぜ」

「おかしいな」

「なにが」

「クロオ、そいつになりたいんだろ」

「そうだよ」

「もうそこにいるなら、なれるわけないじゃないか」

おれは絶句した。そんなことは考えもしなかった。

「でも……なるんだ」

「どうやって」

再び絶句したおれに、めぐみが畳みかける。

「そいつが食べたり話したり走ったりしてるの、クロオ、ずっと見てきたんだろ。そいつはもう、ちゃんといるんだ。そいつはそいつで、クロオはクロオじゃないか」

混乱して口をパクつかせていると、例のすべてを見通すような視線をむけてきた。

大丈夫そうだな、と意味不明なことをつぶやき、立ちあがる。なにをするのか聞く前に、階段をおりた左側にある、郵便受けを指さした。そのあちこちから、入り切らないチラシがあふれている。

「見てろよ」

おれの横で、めぐみは軽く足を開き、半円を描くように片手を回した。ゆるやかな動作の中に、力がみなぎっていくのが感じられる。と思ったら次の瞬間、その手を素早く前に突き出した。

「ハッ」

獣が吠《ほ》えたようだった。でも驚いたのは、そんなことじゃない。郵便受けのチラシがすべて消えてしまったのだ。消える寸前、それらは無数の鱗粉《りんぷん》みたいな群青色《ぐんじょういろ》の粒子に変わり、急に止められた噴水のようになだれ落ちた。その音が聞こえた気がしたけれど、床にはなんの痕跡《こんせき》もなかった。

「……すごい！」

反応がワンテンポ遅れた。めぐみはなにごともなかったように腰をおろし、おれの顔をのぞいた。

「消えたろ」

「消えた！」

「でも、消えてないんだ」

おれは思わずめぐみを見た。

「どういう意味？」

めぐみは真剣な表情だった。

「前も言ったろ、命は絶対消えないって。一度生まれたものにできるのは、形と、居場所を変えることだけだ」

きっとめぐみは、さっきの話の続きをしていたんだろう。しかしそのときは、そんなことに思いも及ばなかった。いま見たものに心を奪われていたのだ。

たまたま入っていたガムの包装紙をロングコートのポケットからとり出し、階段を駆けおりた。それを郵便受けの扉の横にはさみこむ。意図を察したらしく、膝《ひざ》に立てた両手で顔を支え、めぐみがニヤニヤした。

「無理だよ、クロオには」

無視して後退し、郵便受けから一メートルほど距離をとった。めぐみと同じように片手を回し、素早く前に突き出す。

「ハッ」

包装紙は消えるどころか、ピクリともしなかった。おれはむきになり、繰り返し片手を突き出した。

「ハッ、ハッ、ハッ」

包装紙はやはりピクリともしない。めぐみが楽しそうな笑い声をあげた。おれは両足を踏ん張り、震えるほど力んで片手を回した。

「はあー」

「ぷう」

オナラが出た。めぐみが体を揺らして大笑いした。

「クロオ、馬鹿みたいだ！」

おれもつられて笑い出した。照れくさいのとおかしいのとで、おれはめちゃくちゃにはしゃいだ。

「ハッ、ハッ、ハッ」

繰り返し片手を突き出しつつ、駆け回る。足がもつれて転び、階段のステップにすねを打ちつけた。弁慶の泣きどころだ。おれはうずくまり、すねを押さえた。

「う、うう」

笑いすぎてめぐみが息も絶え絶えになった。

「クロオ、クロオ、ほんとに馬鹿だ」

おれが泣き笑いを浮かべると、突然めぐみが立ちあがり、いまのシーンを再現し始めた。

「ハッ、ハッ、ハッ。ガツッ（すねをどこかにぶつける真似《まね》）。う、うう」

たまらず爆笑した。めぐみも笑いながら再現シーンを演じ続ける。

「ハッ、ハッ、ハッ。ガツッ。う、うう」

「めぐみ、もう、やめて……」

すねの痛みに腹筋の痛みも加わり、おれはボロボロ涙をこぼした。連続して押し寄せる笑いの発作に、しまいには呼吸困難を起こしかけた。謎《なぞ》めいていたけれど、めぐみはすごく明るい子だった。


健司たちのいやがらせはエスカレートする一方だった。授業中なにかを投げつけられたり、持ちものを隠されたり、上ばきに画鋲《がびょう》を仕こまれたりするのは日常茶飯事だった。おれは超然とした態度を保とうと努力していたが、給食にいたずらされたときは我慢できなかった。給食は六つの班にわかれてとる。健司たちはほかの班からおれの様子を観察していたんだろう。クリームシチューを一口食べたとたん、健司が立ちあがって大声ではやし立てた。

「信じらんねえ！　死神がゴキブリ食ってるぞ！」

あわてて先割れスプーンでかきわけると、白いシチューにまみれたギザギザの黒いうしろ足が、ジャガイモの下からあらわれた。おれは横をむき、それまでに食べたものを全部吐いた。同じ班の連中が悲鳴をあげ、健司たちがきったねーとさらにはやし立てた。椅子《いす》を倒して立ちあがり、健司にむかって突進した。椅子や机が床をする耳《みみ》障《ざわ》りな音や、同級生たちの悲鳴が一時《いっとき》に起こる。やめなさい！　と叫ぶ桑野の声が聞こえたけれど、止まらなかった。桑野や大柄な男子に引きはなされたとき、おれは健司に何発も殴られ、鼻血を垂らしていた。おれより一〇センチ近く背の高い健司は、とうていかなう相手じゃなかった。小気味よさそうにせせら笑う健司の顔を見ていたら、経験したことのない憎悪《ぞうお》が突きあげてきた。

「殺してやる！」

健司がおちゃらけた声で言った。

「ついに出た、死神の殺す宣言」

抱えこむ桑野から逃れようと身をよじりながら、おれはわめいた。

「おれにはすごい友だちがいるんだ、お前らみな殺しにするぞ！」

「嘘《うそ》つき野郎。友だちなんかいねえくせに」

「ここで待ってろ！」

なにか叫ぶ桑野の腕を振りほどき、教室を飛び出した。人気《ひとけ》のない廊下を走り、一階におり、昇降口を出、校庭を突っ切って裏門を抜けた。その日も弱い雨が降っていた。雨に濡《ぬ》れて上ばきのまま、都営団地の横を通り、清掃工場を通過して、ゴルフ練習場を回りこみ、鉄柵《てっさく》の切れ目から川におりる。荒い息づかいで葦原《あしはら》のそばにしゃがんでいたら、ポンと肩を叩《たた》かれた。振りむいたおれに、めぐみが強い視線をむけてきた。呼吸を整え、おれも真っ直《す》ぐめぐみを見た。めぐみがなんとも言えない表情になった。ひどく悲しそうな、怒っているような、真剣な顔つきだった。濡れた前髪が白い額に貼《は》りつき、いままでいちばん、大人っぽくて、きれいだった。

「あっち行こう」

めぐみに手をとられて斜面をのぼり、むかいの高層マンションの階段に腰かける。めぐみがカットソーの袖口《そでぐち》で、おれの頭を拭《ふ》こうとした。

「いいよ」

「駄目だよ、クロオ。風邪ひくぞ」

めぐみはペタペタと袖口を押しつけ、丁寧に水を吸いとった。頭の次は顔を拭いてくれた。鼻の下の血も拭《ぬぐ》ってくれた。おれは目を閉じ、なすがままになった。いつか、母親に、同じことをしてもらったのを思い出した。やさしい感触を受けながら、どんどん悲しくなってきた。興奮してあんなことを言ったけれど、めぐみは川のそばからはなれられない。ブラック・ジャックのように孤独を道連れに生きる覚悟だったのに、だれかに頼ろうとしたのが情けなかった。こらえ切れなくなり、おれは泣き出した。表の雨みたいな、しめやかな涙だった。めぐみは黙って拭き続け、それが終わるとおれの肩に手を回し、ぴったり寄り添ってくれた。めぐみの体はひんやりしていたけれど、わずかにぬくもりのようなものが感じられた。

夜のうちに雨はあがり、翌日はいい天気だった。おれたちはいつものように土手で遊んだ。乾き切らない水が日光で暖められ、ムッと温気《うんき》を放っていた。きのうの失態が恥ずかしかったので、おれはことさら明るくふるまった。めぐみはどことなく上の空だった。微妙に気持ちが噛《か》みあわないまま、日が傾くまで遊んだ。ときおり電車が通過する、鉄橋のむこうの空に沈みかけた夕陽が、川面《かわも》をキラキラとオレンジ色に染めるころ、いきなり上から声がした。

「いたいた。死神発見」

顔をあげると、健司ととり巻き三人が、土手をおりてくるところだった。

「狩り成功だ。こんなドブ川で遊んでるとは思わなかった」

今日一日、健司たちはしつこく〝友だち〟のことを追及した。おれは答えなかったけれど、おもしろ半分に捜索していたらしい。

めぐみがスッと立ちあがった。夕陽に長い黒髪が輝き、頬にも光が射《さ》している。

「なんだ、この女。死神の仲間はやっぱ死神か」

「くだらない」

おれはギョッとした。めぐみの声が凍りつくように冷たかったからだ。

「生まれ変わり死に変わり、命は永遠に続くのに。小さな違いをあげつらって、なんになるんだ」

「なに言ってんの、こいつ」

めぐみが足を開き、片手を回し始めた。水の中にいるように、異様にゆるやかな動きだった。力の波動がひたひたと迫ってきて、息苦しい。おれは悟った。

あれをやる気だ。

腰を浮かせ、とっさに叫ぶ。

「お前ら、逃げろ！」

健司たちが鼻で笑った。

「だれが引っかかるか」

「バカ、早く逃げろ！」

めぐみの発散するエネルギーが、決壊寸前まで高まるのを感じた。

「ハッ！」

片手を突き出す瞬間、体あたりした。目に見えない砲撃の軌道がそれ、バシャッと音がして、健司たちの真横、直径三メートルほどの土手が、一瞬で群青色の粒子に変わり、なだれ落ちるように消えた。あとには、どこまで続いているのかわからない、深い穴がうがたれていた。

「なんだよ、クロオ。お前が望んだのに」

突き飛ばされためぐみが顔をあげ、怪訝《けげん》そうに言った。初めてめぐみのことがこわくなった。おれは硬直している健司たちに怒鳴った。

「逃げろ！」

健司たちが悲鳴をあげて駆け出した。めぐみはそのうしろ姿へ鋭い視線を送っていたが、連中が見えなくなると、こっちにむきなおった。一変しておだやかな表情だった。

「あれでよかったのか」

おれはうなずいた。やさしさじゃない。健司たちが自分のせいで消されたら、一生苦しみそうな気がしただけだ。

めぐみが立ちあがり、おれとむきあった。静かな微笑をたたえていて、急にいくつも年上になったようだった。

「クロオ、お別れだ」

「なんで⁉」

静かな微笑をたたえたまま、めぐみが諭すように言った。

「クロオはわたしをこわいと思った。その気持ちを消すことはできても、そうしたらもう、友だちじゃないから」

その言葉の意味は、あとになってわかった。健司たちはめぐみに関する記憶を失っていた。めぐみにはたぶん、人の気持ちや記憶を操る力があったんだろう。しかしそのときは、そんなことを考える余裕はなかった。おれは駄々っ子みたいに叫んだ。

「いやだ！」

「馬鹿《ばか》だなあ！」

不意にめぐみが笑みを大きくした。急速に暗くなる中で、そこだけパッと輝いたみたいだった。

「そのうちまた、会えるじゃないか！」

めぐみがスーッと横へ移動した。おれは息を飲んだ。めぐみは川の上に浮かんでいた。明るい声で呼びかける。

「待ってるよ、クロオ」

めぐみの体が、人形《ひとがた》をしたブルーブラックの光の粒子に変わり、蛍みたいな点に収束して、フッと消えた。おれは土手を駆けおりた。黒い川面が微《かす》かにうねっているだけで、波紋ひとつない。月が昇るまで、立ちつくした。

また会えるというめぐみの言葉は、やがて実現する。ただ、それまでに、新しい学校での生活がなお続いた。

トリオで妄想

翌週登校したら、健司たちの態度が変化していた。おれにちょっかいを出さなくなったのだ。正確な記憶は失ったが、おれとかかわってとてつもなくこわい目にあったという印象は残ったんだろうか。あるいはめぐみが去り際《ぎわ》に、なにか細工を施したのかもしれない。

絶え間ない攻撃がやみ、周囲を見回す余裕が生まれると、江淵小とは違う森塚小の個性みたいなものが、徐々に目につくようになってきた。男子二〇名、女子一六名。クラスの中に厳然としたヒエラルキーがあり、そのどこに属するかで、個人の扱いが決まっていた。上位から説明すると、

①運動神経がいいやつ。男子の場合、スポーツに限らず、喧嘩《けんか》が強いのも含まれる。

①ルックスや性格がいいやつ。いわゆる人気者。
③どっちかのとり巻き。陰で〝金魚のフン〟と揶揄《やゆ》されたりするが、地位は高い。
④金持ち。一軒家、マンションの住人は、無条件にこれ。
⑤勉強ができるやつ。
⑥変わり者。ほとんどしゃべらないとか、おかしな趣味を持っているとか。

①の要素を兼ね備えていれば鬼に金棒で、ケーゴと新谷なんかは、さしずめキングとクイーンだった。江淵小との最大の相違点は、勉強ができるやつの地位が低かったことだ。森塚小は開校以来、私立中受験者が一人もおらず、少なくともおれの学年では、塾へ行っているやつも皆無だった。その学区で通うことになるのは、小学校から徒歩で二、三分の森塚中。雨の日、めぐみと遊んだ高層マンションの隣にあったが、ここは区内でも荒れているので有名だった。江淵中の噂話《うわさばなし》がかわいらしく思えるほどで、だれが教師を殴ったとか、だれが鑑別所に送られたとか、そんな情報が頻繁に飛び交った。そういう有名人を兄姉《きょうだい》に持つやつは、ヒエラルキーの埒外《らちがい》に置かれた。そいつ自身は変わり者でも、だれもからかったりしなかった。
転校生という当初のレッテルがとれたあと、おれが組みこまれたのは当然、変わり

者だ。服装や髪型だけで資格は十分だったが、父親の気まぐれにより、おれの見かけはもっと変になった。

日曜日、昼すぎに起き出した父親は、ダイニングキッチンで『ブラック・ジャック』を読んでいるおれに目をとめ、酒くさい顔を近づけてきた。

「ずいぶん髪が伸びたな」

「そう?」

確かに何か月も床屋に行っておらず、ヘアリキッドとヘアスプレーを切らしたものの新しいのを買う金はなく、セットすることができなくて、目が大半隠れていた。父親がガス台の下の引き出しをゴソゴソやり始めた。

「ここにあったと思うんだけど」

父親がとり出したのは、無骨な裁ちばさみだった。

「よし。お父さんがカットしてやる」

「いいよ、このままで」

「駄目駄目。髪が目に入ると、視力落ちるぞ」

酒が抜けていないのか、いやにしつこかった。気は進まなかったけれど、かっこよくしてやるから、と押し切られた。ベランダにダイニングキッチンの椅子《いす》を持ち出し、そこで切った。ロングコートが床屋のカバーがわりだった。初めにジャキッと音がした瞬間、切りすぎなのがわかった。

「そんなに切らないでよ」

「平気平気。まかせなさい」

ジャキッ、ジャキッと音がする。ロングコートの肩や襟に落ちた髪の束を、無造作につまんで手すりから投げ捨てる。下手に動いたらどこか切られてしまいそうで、抵抗をあきらめた。しばらくして音がやんだ。あとずさり、点検している気配があったかと思うと、だしぬけに父親が笑い出した。

「いやー、見事な虎刈《とらが》りだ」

「トラ?」

「洗面所行って、見てごらん」

鏡に映すと、ひどい有様だった。全体的には短いものの、濃淡がくっきり違い、黒いぶちがいくつもあるみたいだった。おれは駆け戻って抗議した。

「やりなおしてよ!」

「これ以上は無理。バリカン買ってきて、来週また切ってやるから、それまで我慢しなさい。あ、これ、お昼代、一〇〇〇円。あとでお釣り返せよ」

父親は笑いながら、六畳間へ入ってしまった。

次の日、教室で学童帽を脱ぐと、目ざとく見つけた健司がはしゃいだ声を出した。

「死神の頭、サッカーボールみてえ！」

ほかの連中もそれに気づき、笑い出した。何人かは触らせてくれと寄ってきた。その程度にはクラスになじんでいたわけだが、ちっともうれしくなかった。言ったことを忘れたらしく、父親はバリカンを買ってこなかった。なんとか見られるようになるまで回復するのを待って、おれはそれ以降、父親がその気を起こす前に自分で髪を切るようになった。うまく切れるところと切れないところが入りまじり、朝起きると一部が跳ね、どんなにがんばっても寝なかった。父親自身の髪型は、ゆるくウェーブをつけたオールバックで、常にピシッと決まっていた。高校生になっておれがバイトを始めるまで、この不公平な状態は続いた。

見かけ以上に、おれの内面は変わり者の度あいを強めた。テレビはとりあげられ、父親はもとから新聞と雑誌くらいしか読まないから、家には一冊の本もなかった。勢い、『ブラック・ジャック』にいっそう没入するようになった。耽溺《たんでき》した、と言ってもいい。暗記するまで読んだ話をなめるように読みなおし、これまでないがしろにしてきた脇役《わきやく》の台詞《せりふ》、しぐさ、表情、背景のひとつひとつ、おふざけのコマ、冗談めかしたメッセージ、すべてを漏れなくチェックしていった。

第六〇話、『オオカミ少女』で、ブラック・ジャックが立ち寄ったレストランの看板に、「DO KONO KUNICA WAKAR ANAI」とあるのが、「ドコノクニカワカラナイ」と書いてあると気づいたときには、興奮して小躍りした。それから、お気に入りのエピソードのその後《ご》を、頭の中でふくらませた。例えば、第九七話、『盗難』では、自分を慕うギッデオン伯爵《はくしゃく》夫人に、お幸せに、と言い残し、ブラック・ジャックは去ってしまう。違うだろ、とおれは思う。ギッデオン家の近くに病院を開いて、見守ってあげればいいじゃないか。伯爵と夫人は仲がよくないみたいだから、離婚して、ブラック・ジャックが結婚すればいい。ピノコはやきもち焼いてうるさいから、どっかの施設に入れて。と、そんなことをあれこれ考えているうちに、あっという間に時間がたった。いまで言う二次創作をしていたことになるが、表現する技術はないので、ただの妄想だった。

そんな風に一か月がすぎ、夏休みが始まった。たいして楽しいとも思わない学校が、なくなると一日の長さを持てあますようになった。

夕方からはまだよかった。冷房のきいたファミリーレストランでグズグズしたあと、公団へ帰る。おれはドライバー手裏剣の練習を再開していた。母親の言いつけにそむくのはうしろめたかったけれど、『ブラック・ジャック』を精読する以外、これしかやることがなかった。練習は棟の前の公園で行なった。公園とは名ばかり、由来を刻みこんだ石碑があるだけだが、ケヤキの巨木が生い茂っているせいで、人目につきにくかった。およそ五か月のブランクは、おれの腕をすっかりさびつかせていた。大股《おおまた》で二歩の距離から出なおした。なんにせよじっくり取り組めることがあるのは、ありがたかった。

しかし、それまでが問題だった。クーラーがない昼間の部屋は、蒸し風呂《ぶろ》同然だった。給食がない分、父親は昼食代をいくらかダイニングキッチンのテーブルに置いていく。それを持って町をうろつき、少しでも涼しいところをさがした。都営団地のあいだの公園を抜けた先に、ちっぽけな児童館を見つけたのは、夏休みに入って四、五日たってからだった。塀のような公園の灌木《かんぼく》が視界をさえぎり、おまけに団地の裏にあって、気づかなかったのだ。

平屋の児童館は、できて何十年もたっているみたいだった。でも、ちゃんとクーラーがあり、表とはまるで別天地だった。団地の棟半分ほどの奥行きで、入り口の右側がプレイルーム、正面が図書室。プレイルームには三つの卓球台とウレタンマット、図書室には本とマンガが数百冊あった。さっそくコミックコーナーへ行き、あさってみた。けれども、所蔵されているのは、興味が持てない少女マンガばかりだった。そこでおれは一計を案じた。翌日、紙袋に『ブラック・ジャック』を入れ、おもむろに図書室のテーブルで開いた。むかいの男の子がじーっと見ていると思ったら、女性職員を引っ張ってきた。男の子がこましゃくれた口調で言った。

「この人、ルール違反してる」

「それ、自分のうちから持ってきたの？　入り口のルールに書いてあるでしょ。ここでは館の本しか読めないのよ」

女性職員がいなくなったあと、腹立ちまぎれに男の子をにらむと、嘲《あざけ》るような表情を浮かべて行ってしまった。頬杖《ほおづえ》をつき、荒々しく息を吐いたとき、遠慮がちに呼びかけられた。

「織田君？」

振りむくと、ヒョロッとやせた、クラスの男子が立っていた。

「えーと、宮内？」

「うん」

宮内は控え目に笑い、小声で言った。

「きのうも見かけた気がしたんだけど、自信なくて声かけなかった」

夏休みに入ってロングコートを着なくなっていたから、感じが違ったのかもしれない。宮内が小声で続けた。

「ここのルール、知らなかった？」

「来たの、きのう初めて」

「そっか」

宮内は図書室の出口を指さした。

「あっち行こうよ。ここのこと、教えてあげる」

プレイルームに移動し、壁に寄りかかって並んで腰をおろした。卓球台はすべて埋まり、ウレタンマットで飛び跳ねている子どもたちがいる一方、おれたちみたいに壁《かべ》際《ぎわ》に座り、本を読んだりしゃべったりしている連中もいた。宮内が声を大きくして言った。

「図書室は私語禁止だけど、ここでならしゃべっていいの。それと、むこうから本持ってきて、読んでもいい。あ、けど、何冊もまとめて持ってきちゃ駄目。必ず一冊ずつね」

うなずきつつおれは、卓球に気をとられていた。

「あれやらない？」

「当分空かないよ。それにぼく、こっちの方がいいから」

宮内は持っている本をおれに示した。いかにもという表紙の少女マンガだった。つい馬鹿《ばか》にしたような口ぶりになった。

「ここってそういうのしかないのな。つまんないよ」

「そんなことない」

宮内はびっくりするほど強い口調で言った。

「何回読んでも飽きない」

おれが疑わしそうな顔をしていたのか、宮内がむきになったように立ちあがった。

「ちょっと待ってて。すごくおもしろいの、持ってくるから」

意外に感じながらうしろ姿を見送った。宮内は学校ではぜんぜん目立たなかった。運動も勉強もできず、身のこなしがナヨナヨしていて、あだ名は〝オカマ〟だ。こんなに自己主張するやつだとは、思っていなかった。

「はい、これ」

宮内が持ってきたのは、『ガラスの仮面』の第一巻だった。目の大きさが人間じゃないとか、足の長さが二メートルくらいあるとか、初めはちゃかしていたが、そのうち引きこまれた。黙々と読み終え、次をとりに行こうとしたら、宮内がサッと二巻を差し出した。交換して読み続ける。それも読み終え、三巻をとりに行ったが、五巻まで本棚から抜けていた。一緒についてきた宮内が、小声で言った。

「人気あるからね。なかなか回ってこないよ」

宮内が六巻に手を伸ばす。

「先に読む？」

「順番じゃないとやだ」

宮内が真剣な表情でうなずいた。

「わかる」

おれは二つの部屋をうろつき回った。図書室で三巻を読んでいる女の子を見つけ、その子の前の席にドカッと座り、聞こえよがしにため息をついたり、にらんだりした。女の子は本に没頭していて気づかない。いやがらせを続行しようとしたとき、宮内に肩を叩《たた》かれた。

「これもおもしろいから」

不満たらたらで『ベルサイユのばら』第一巻を読み始め、たちまち熱中した。ところが、二巻まで読み終えて本棚へ行くと、また三巻がなかった。おれは癇癪《かんしゃく》を起こし、三巻を読んでいるやつを見つけてやろうと、鋭い視線で室内を見回した。宮内があわて気味にささやいた。

「お昼にしよう」

壁かけ時計に目をやると、いつの間にか一二時をすぎていた。

宮内はいったん本棚をはなれ、黒縁眼鏡の女の子と並んで戻ってきた。泉茜《あかね》という、苗字《みょうじ》と名前が紛らわしいクラスの女子だった。泉は厚いレンズの奥の、やけに大きな目でチラッとおれを見たが、なにも言わなかった。二人にくっついて児童館を出、灌木のあいだを通って公園に入る。ブランコが二つと、ロケットの形をしたジャングルジムしかなく、こぢんまりしていた。強い陽射《ひざ》しが照りつけ、白い砂の地面から陽炎《かげろう》が立っている。水飲み場で子どもが二人遊んでいる以外、だれもいなかった。木陰のベンチに三人で座る。公園や都営団地の敷地に植えられた木々から、アブラゼミの鳴き声がひっきりなしに聞こえる。

「あれ、お弁当持ってるの？」

泉が布のトートバッグから、宮内がビニール袋からとり出すのを見て、おれは声をあげた。

「織田君もそこに入ってるんじゃないの？」

かぶりを振り、紙袋から『ブラック・ジャック』を出して、これだけ、と言った。

「お昼どうしてるの？　家で食べるの？」

「いや、買い食い」

「この辺で買えるとこ、知ってる？」

「知らない」

宮内が立ちあがった。

「案内してあげる」

おれたちが会話を交わすあいだ、泉は勝手に食べ始めていた。ちょっと行ってくるね、と宮内が声をかけると、口をモグモグさせて無言でうなずいた。

近くのパン屋を往復する道々、泉のことを教えられた。

「泉さんはすごいんだよ。卒業するまでに、学校の図書館と児童館の本、全部読むんだって」

「無理だろ」

「ううん。だいぶ読んだみたい」

「へー」

学校の蔵書は二〇〇〇冊近くあるらしい。ろくに本を読んだことのないおれには、考えられない挑戦だった。

「お前ら、仲いいの？」

「仲がいいって言うか」

宮内ははにかんだように笑った。

「一年のときから毎日図書館で会ってて、休みになると児童館でも会ったし。行動パターンが似てるんだよ。それで話すようになったけど、泉さんはああいう人だから」

どういう人だか知らないが、なんとなくわかった。泉も学校では目立たなかった。授業中の受け答えや、よどみない音読などから、頭がいいのは伝わってくるものの、それは地位の向上につながらない。口が悪い健司を中心に、泉は男子に〝メガネザル〟と呼ばれていた。しかし、面とむかってからかわれることが少なかったのは、泉の黙殺が完璧《かんぺき》だったためだろう。その近寄り難さから、女子にも敬遠されているみたいだった。

公園に帰るころには、クーラーで冷やされた体が火照《ほて》り、汗をかいていた。おれがサンドイッチを食べ終え、三人でかわるがわる水飲み場の水を飲んだあと、児童館へ戻った。泉は図書室の机に座り、厚い本を読み始めた。おれは本棚に急行したが、やはり目当ての巻がなく、うろつき回るとさっきとは別の子が手にしていた。またもや癇癪を起こしたおれに、宮内がほかのマンガをすすめてくれた。『エースをねらえ！』

の第一巻。これも二巻までで、三巻が欠けていた。宮内が新しいマンガをすすめようとするのを断り、二つの部屋を徘徊《はいかい》した。『ガラスの仮面』の四巻までと、『エースをねらえ！』の三巻まで読んだところで、閉館時刻の五時になった。おれたちは児童館の前で別れた。おれは自転車でファミリーレストランへ。泉は弟を迎えに、母親が働いているスーパーへ。宮内は川べりの公団へ。宮内が住む56号棟も、おれと同じ1DKだった。

それからおれたちは、毎日児童館で一緒になった。朝、宮内と公団の公園で待ちあわせ、自転車を押しながらのんびり歩いていく。途中、パン屋で昼食のサンドイッチを買い、午前九時の開館前に到着する。家が近い泉は先に来ており、数人の子にまじって待っていた。職員が中からガラスドアを開けると同時に、玄関で靴を脱ぎスリッパにはきかえ、図書室へなだれこむ。走るなと注意されても、この光景は繰り返された。泉は落ちついた足どりで本棚に近づき、読みさしの本をとり出して、定位置のテーブルで読み始める。泉が読むような難しい本は、競争率が低いからあわてる必要がないけれど、マンガはそうもいかなかった。目をつけていた巻を素早く抜き出し、宮内とプレイルームへ移動する。一冊読み終えるたびに、意見交換をする習慣で、そっちがおれたちの定位置になっていた。

宮内にすすめられるまま、いろんなマンガに手を出した。『アラベスク』。『ポーの一族』。『風と木の詩《うた》』。『綿の国星』。読んだ作品について話しあうと、おもしろさがいっそう増した。宮内の情熱は、おれの『ブラック・ジャック』に対するそれにひけをとらなかった。好きな作品を暗記するまで読みこんでいたのだ。初めて同志に会った気がして、有頂天になった。宮内もきっとそうだったんだろう、自分がのめりこんでいる世界を、嬉々《きき》として披露するようになった。

宮内の解釈では、泉は〝少女マンガ体質〟の持ち主だった。

「眼鏡とるとね、すごくきれいなの」

そういうシーンに見覚えはあったが、前から疑問だった。

「おかしいよ」

「なんで？」

「鼻とか口とか顔の形で、美人かどうかなんてわかるじゃん。眼鏡とったら急に美人になるなんて、絶対変だ」

「そうかなあ」

宮内は不満そうだった。

宮内の言葉が頭にあったため、プール登校の日、泉を観察してみた。切りそろえていない肩までの髪を、ゴムで束ねている。ほっそりした顔に、小づくりな鼻と口が行儀よくおさまっている。厚いレンズで拡大された印象が強いから、泉が少し釣りあがった、涼しい目をしていたのは驚きだった。水がかかった顔を片手でなでるたび、遠くを見るような目つきになった。ドキッとするほど大人っぽい表情だった。ほんとに少女マンガ体質だ。おれも納得した。

公園のベンチで昼食をとる時間、泉の口数がだんだん多くなってきた。宮内によると、いままでそんなことはなかったそうだが、おれがペラペラ話しかけたせいだろう。

「泉はたくさん本読んでるから、難しい言葉知ってるだろ。教えてよ」

「例えば？」

「例えばねー」

おれは『ブラック・ジャック』を丹念に読みなおして引っかかった、意味がわからない言葉を列挙した。センボーのマナコ。ジェラシー。エゴイスト。義理。おこがましい。ディープ・キス。泉はひとつひとつ説明してくれた。担任の桑野なんかより、よっぽどわかりやすかった。

ただ、ディープ・キスには首をひねっていた。

「キスならおれ、知ってるよ」

石野とのことを思い出して声を弾ませたら、わたしも知ってる、と真面目《まじめ》に応じた。

「ディープは深いってことだから、直訳すると深いキス。変だよね」

泉はちょっと考えて言った。

「そのマンガ、貸してくれない？」

もちろん承知した。自分が熱をあげている世界を知ってもらうのがうれしかったし、泉がどんな感想を持つか興味もあった。

二日後、公園のベンチで、泉は本を手に話し始めた。

「やっぱりよくわからなかった」

泉はその言葉が出てくる、第六二話、『ピノコ・ラブストーリー』の該当ページを開いた。

「舌嚙《か》まれた、って言ってるから、舌が関係あると思うんだけど」

「でもさ、くっつくのは口と口だぜ？」

泉が困ったように、うん、と言った。

「宮内、知ってる？」

水をむけたら、宮内も困ったような顔をした。

「わかんない。少女マンガにそういうの、出てこないから」

「調べとく」

泉は言い、おれに本を返した。

「わたし、マンガ初めてだけど」

大きな目でおれを見た。

「おもしろかった」

「だろ！」

「手塚治虫《おさむ》は偉大な作家だね」

「イダイ？」

「偉い、すごい、ってこと」

見当はずれなことを言われた気がして、とまどった。

「すごいのは手塚治虫じゃなく、ブラック・ジャックだろ」

泉は嚙んで含めるような口調になった。

「織田がすごいと思ってるブラック・ジャックは、手塚治虫が描《か》いたんだよ。だから
すごいのは、作者の手塚治虫」

「そうかなー」

著者近影の手塚治虫は、そんなにすごい人には見えなかった。

「ブラック・ジャックはかっこいいけど、手塚治虫は普通のおじさんだぜ」

泉はちょっと考えてから、話題を変えた。

「織田が着てるコートは、ブラック・ジャックの真似《まね》？」

「真似じゃなくて、なりたいんだ」

「どうやって」

「決まってるじゃん。おんなじ格好して、おんなじことして。あっ、そうだ、今度見せてやるよ、ドライバー手裏剣。ブラック・ジャックのメス投げ、できるんだぜ」

泉は大きな目で黙って見ていた。

「それからさ、大学は医学部に入って、オペの修行はめちゃめちゃするけど、医師免許はとらないんだ。で、モグリの医者になる。世界中回って、荒稼ぎする」

「もしそうなっても」

泉が考え深げに言った。

「それは織田がなるんだよ。ブラック・ジャックになるんじゃない」

おれは以前、めぐみに言われたことを思い出した。闇雲《やみくも》に反発したくなったけれど、言葉が出てこない。泉が落ちついた口ぶりで続けた。

「けど、手塚治虫は、ブラック・ジャックになれると思う」

「えー⁉」

これには仰天した。ぜんぜん似てないのにどうやって⁉　おれは疑問をそのまま口にした。

「どうやって⁉」

「どうやってと言うか、そうしないときっと、描けないから」

「あーもー！」

理解を超えた話に、おれは頭をかきむしった。

「泉が言ったこと、わかった？」

翌朝、宮内にたずねてみた。昼食のとき、宮内はおれたちのやりとりを黙って聞いていて、次の日感想を言うのがパターンになっていた。

「よくわからなかった」

「だろ？　意味不明だよなー」

「でも、泉さんが言うんだから、そうなんだよ」

いつになくきっぱりした口調だったので、思わず横を見た。鈍いおれでもピンと来た。

「泉が好きなの？」

おもしろいように顔が赤くなった。

「好きなんて……。憧《あこが》れてるだけ」

宮内がこっちを見て、哀願した。

「泉さんに余計なこと、言わないでね」

「うん」

「絶対だよ」

「わかった」

本当はからかいたかったけれど、宮内があんまり真剣なので、やめておいた。


お盆の前後、児童館が六日休みになった。おれたちはそのあいだ、駅のそばの教育センターにある図書館まで、毎日遠征した。宮内と公団の公園で待ちあわせ、パン屋でサンドイッチを買ってから、森塚小の裏門で泉と合流する。そこから歩いて約二〇分。午前八時台はすでに暑く、セミもやかましく鳴いている。むこうに着くころには、三人ともだいぶ汗をかいていた。自動ドアを入ってウォータークーラーでのどを潤《うるお》してから、三階へ。図書館はそこにあり、ほかの階は区民事務所や、多目的ホールになっていた。利用者は大人が多く、児童館とは比較にならないほど静かだった。プレイルームみたいにおしゃべりできるスペースもなく、おまけに、マンガの数も少なかった。それでもわざわざ通ったのは、ほかにクーラーがきいていて、夕方までいられる場所がなかったからだ。それは泉と宮内にしても同様で、二人の家にもクーラーがなかった。そういうままで知らなかった事情を、おれは行く道々、あれこれ聞き出した。

宮内の父親はずっと入院しており、母親が旋盤工場で働いて、宮内と三歳上の姉貴の学費を稼ぎ、生活を支えているそうだった。泉には父親がいなかった。四歳になる健太という弟がいたが、その子が生まれる前、離婚したらしい。母親は午後四時から一〇時すぎまでスーパーのレジチェッカーをして、一一時からそのそばのスナックで働いていた。五時半、スーパーの子ども広場で遊んでいる弟を迎えに行くのが、泉の日課だった。

「さみしくない？」

半年前にいなくなった母親のことを念頭に聞くと、泉は即答した。

「仕方ないよ。子供は環境を選べないから」

宮内が感じ入ったような顔をしていた。おれもなんだか感心した。

教育センターの右側は野球グラウンドで、その東側にテニスコートと、公園が付属していた。昼食はそこの、藤棚《ふじだな》の下のベンチでとった。三時間以上の沈黙から解放され、おれも宮内もよくしゃべった。マンガが少ない、と不平を漏らしたら、本を読んでみれば、と泉が言い出した。

「つまんなそうなんだよな」

「それは誤解」

泉の大きな目に力がこもった。

「おもしろい本はたくさんある」

その時点で泉は、日本では漱石《そうせき》、芥川《あくたがわ》、谷崎、太宰《だざい》、海外ではドストエフスキー、ディケンズ、バルザック、マーク・トウェインなどの主要作品を読破していた。一一歳という年齢にしては、驚くべき読書の幅だと思う。その豊富な経験から、泉はおれたちのために本を選んでくれた。おれには星新一。宮内には吉屋信子《よしやのぶこ》。おれは鮮やかなショートショートの切れ味に驚嘆し、宮内も感激していた。

「ぼく、こういうの大好き！」

お盆休みが明け、再び児童館を利用できるようになった。しかし、最後の一〇日間は、宿題に追われて読書どころじゃなかった。漢字ドリルも、計算ドリルも、自由研究も工作も手つかずだった。工作は適当にでっちあげるにしても、あとの三つはそんなわけにいかない。とっくに終えた泉に手伝ってもらって、同じように手をつけていない宮内と、ドリルをコツコツ埋めていった。写させてくれれば早いと思うのだが、泉は不正を許さなかった。

自由研究については、泉の真似をして読書感想文を書くことにした。読み出して日が浅い小説じゃなく、おれは『ブラック・ジャック』、宮内は『ガラスの仮面』を題材にした。それぞれの書き出しは、「ブラック・ジャックは天才無めんきょ医です。」「北島マヤは天才えんげき少女です。」

二学期、泉の感想文は、新聞社主催のコンクールで入選し、おれたちのはおざなりなコメントつきで、桑野から返却された。

おれたちの交流は、新学期が始まっても続いた。一〇分休みのたびにおしゃべりし、昼休みは一緒に図書館へ行く。怪訝《けげん》そうに見るやつもいたけれど、そのうちだれも気にしなくなった。変わり者同士くっついたところで、クラスのヒエラルキーにはなんの影響もない。

けれども、九月中旬以降、状況が変わってきた。来月の運動会にむけて、体育の授業で五〇メートル走のタイムが計測された。江淵小と同じように、クラス対抗リレーの選手を決めるためだが、違うのは参加するのが五、六年だけで、より注目度が高いということだった。

転校以来パッとしないおれは、名誉挽回《ばんかい》のチャンスだと思っていたけれど、ひとつ気がかりなことがあった。江淵小のリレーでは、シャーシャー叫びながら走り、失格にされている。ブラージットの効果音抜きで、どこまでやれるか自信がなかったのだ。

「遠藤君、織田君」

桑野に呼ばれ、スタートラインに並ぶ。一学期に見ていた限り、遠藤はたいした敵じゃなかった。笛の合図で走り出すと、予想どおりたちまち後方になった。スタート地点とゴールから笑いが起きる。それはブラック・ジャック走法のBGMみたいなものだが、口をつぐんでいるとやはり調子が出ない。もどかしくてたまらなくなり、いつの間にかおれは、上下の唇を巻きこんでしっかり嚙み、低くうなっていた。

「んー」

すると、グンとスピードが増した。腹に響く低音のバイブレーションが、エンジンがフル稼働《かどう》しているような感覚をもたらす。おれは鼻から大きく息を吸いこみ、いっそうなってスパートをかけた。

「んー」

　タイムは以前より一秒近く短縮された。クラス最速であり、またアンカーに選ばれた。変な音しなかった？　というやつもいたけれど、おれのせいだとは気づかれなかった。

　本番でもボロは出なかった。三位でバトンを渡されたおれは、重低音とともに先行走者たちを追い抜いた。二位になったランナーが、すぐそばをハチが飛んでた、と訴えたものの、相手にされなかった。クラスの観覧席に戻ると、歓声で出迎えられた。

「すごいじゃん、織田！」

　初めて死神以外の呼び方をされた。泉も宮内も喜んでくれた。来ると言っていた父親が、二日酔いで起きられなかったのかとうとうあらわれなかったが、それも気にならないほどいい気分だった。

　それから一週間もしないうちに、次のイベントに向けて準備が始まった。一一月初めの学芸会だ。四、五、六年は劇をやることになっていて、学級会で演目が話しあわれたが、桑野は丸投げだった。

「みんなでとり組むことだから、みんなで決めてほしいの。台本も本に載ってるものじゃなくて、みんなでつくれたら素晴らしいと思う」

いっせいに不満の声があがる。

「やだよ、そんなの。めんどくせえ」

「時間ないし」

「やりたいやつにやらせれば？」

桑野の仕切りが甘いので、学級会は毎回難航した。学級委員たちもうんざりしているみたいで、お決まりの台詞《せりふ》を投げやりに言った。

「立候補したい人、手を挙げてください」

シーンとしている。

「だれか推薦したい人、手を挙げてください」

少し間があってから、一人の女子が手を挙げた。女子学級委員が指名する。

「佐々木さん」

「泉さんがいいと思います」

どよめきが起き、みんな泉に目をやった。佐々木が声を大きくした。

「泉さんはたくさん本読んでるから、そういうのも得意だと思います」

佐々木は本気で推薦したのかもしれないけれど、そのあとの反応はいい加減だった。

「いいんじゃないの、泉で」

一人の男子が言ったのをきっかけに、あちこちから賛成という声があがった。健司ととり巻きが、メガネザルがどうのとふざけたことを言い、失笑が漏れた。やりたくないことを押しつけようとしているのは明らかだった。頭に来たけれど、手を挙げて弁護する勇気はない。女子学級委員が確認した。

「泉さん、どうですか」

再び全員の視線が集まる。好意的なものじゃなく、意地の悪い好奇心が感じられた。おれは身をひねり、窓際《まどぎわ》の泉を見た。おれの二列隣に座っている宮内は、心配でたまらないらしく、そっちにむきなおっていた。泉は少し考えただけで、あっさり言った。

「やります」

さっき以上にどよめいた。泉の気が変わるのをおそれるように、男子学級委員がまとめにかかった。

「じゃあ、泉さんが台本で、いいですか」

桑野があわて気味に割りこんだ。

「ちょっといいかしら」

「桑野先生」

「先生としてはね、みんなで話しあってつくってほしかったんだけど。一人でつくるのは難しいんじゃないかしら。どうかな、もっと話しあって、ほかにも台本づくりに参加する人を選んだら」

えーという声を、泉がきっぱりさえぎった。

「いいです。一人でやります」

「メガネザル、かっこいー」

健司が茶々を入れた。

「あなたがそう言うんなら」

しぶしぶ引きさがった桑野は、三つ条件をつけた。

・一週間以内に仕あげること。

・上演時間を二〇分以内におさめること。

・全員に役をつけること。

ひとつ目と二つ目は、タイムスケジュール上やむを得ないとしても、三つ目は単なる個人的要望だった。

「たとえ主役じゃなくても、みんなが参加できなくちゃ。ね？　劇はみんなでつくるんだから」

劇のことなんかまるでわからないおれでも、すべてをクリアするのが難しいのは想像がついた。

しかし、昼休みの図書館でそう言っても、泉は動じなかった。

「なんとかなる」

「泉、台本書いたことあんの？」

「ない。書くつもりもなかったけど、勉強になると思って」

「なんの？」

「小説を書く勉強。わたし将来、小説家になるから」

なりたい、じゃなく、そう言い切った。宮内が小刻みにうなずいているのは、聞かされたことがあるからだろう。自分はブラック・ジャックになりたいくせに、おれにはそれが途方もない夢にしか思えなかった。

「でもさ、一週間ってきつくない？」

「一週間もかけられないよ。やらなきゃならないこと、いっぱいあるから」

言葉どおり、泉は二日で台本を完成させた。レポート用紙を上下に割り、上に台詞、下に背景の説明やト書きの補足がびっしり書きこまれ、二〇枚近くあった。こんな話だ。

『恋のゆくえ』 泉茜・作

ビアンカは夢見がちな一五歳。継母《ままはは》と連れ子の姉たちに毎日こき使われている。しかし、彼女たちが寝静まったあと、秘密の楽しみがあった。こっそり家を抜け出して町へ行き、大好きな歌を歌うのだ。正体を見破られないように、白いベールですっぽり身を包み、一時間だけ。その神秘的な姿と美しい歌声から、ビアンカはいつしか、聴衆に熱狂的に支持されるようになる。

とりわけ熱心だったのが三人。

一人目は次期国王候補のフェルナンド王子。美貌《びぼう》で思慮深い貴公子で、ビアンカを妃《きさき》に望んでいる。

二人目は義賊の首領ビリー。荒くれ者だが気はやさしく、ビアンカを盗賊から救ったこともある。

三人目は鍵屋《かぎや》の三男ニコロ。空想家のニコロは父親や兄たちに軽んじられ、鬱屈《うっくつ》した日々を送っている。ある夜、買い出しを命じられて町へ行き、偶然見たビアンカの虜《とりこ》になる。ニコロはビアンカと同じ村に住んでいて、一人だけその正体を知っている。自分だとわからないように、ニコロは毎晩黒いマントに身を包み、ビアンカを見守っている。

やがて、ビアンカは熱中のあまり、時間を忘れて歌うようになる。ある日、いつの間にか夜が明けかけているのに気づき、動転してベールを落としてしまう。ニコロがとっさにマントをかぶせ、村まで手を引いて走り、継母たちが起きる前に戻ったものの、ビアンカの似姿は国中にばらまかれる。怒った継母に追い出され、ビアンカはその晩、ベールをまとわないみすぼらしい姿で町角に立つ。ただの村娘と知り、聴衆の多くは去っていくが、三人は残る。求愛する三人の中から、ビアンカはもっとも平凡なニコロを選ぶ。

やらなきゃならないことがいっぱいある、と言った意味は、すぐにわかった。ガリ版刷りの台本が配られた翌日、オーディションを開いたのだ。泉は前日、こう告知した。

「台本を読んで、やりたい役を決めてください。わたしが指定したところをやってもらいます。台詞は台本を見ながらで構わないから、まだ覚えなくてもいいです。希望者がたくさんいたら、わたしが選びます」

いっせいに非難の声が起こる。桑野がオロオロしたように言った。

「泉さん、それはどうかしら。オーディションはいいとしても、あなたの意見だけで決めるのは。こういうのはやっぱり、多数決じゃないと」

賛成の声に勇気づけられたように、桑野が続ける。

「それとね、題名もどうかと思うの。すごくすてきだけど、五年生にしては大人っぽいと言うか」

これにはさほど反応がなかったが、二、三人の男子が、コイノユクエ、とふざけた口調で読みあげ、笑われていた。

「わかりました。オーディションは多数決でいいです」

泉が語気を強めた。

「でも、題名は変えたくありません」

ふだんおとなしい泉の反逆に、周囲ははやし立て、桑野も説得を試みた。が、頑として意志を曲げなかった。結局桑野が折れ、そのままのタイトルでいくことになった。

オーディションは、放課後の教室で行なわれた。机と椅子《いす》をうしろに寄せ、教壇が舞台。その前で見学し、希望の役のオーディションが始まったら廊下に出、呼ばれた順に入って、芝居をする。別の角度から見たい、と言って、泉は教壇の脇《わき》に陣どっていた。主な役は、

ビアンカ
継母
連れ子1
連れ子2
フェルナンド
ビリー
ニコロ
父
兄1
兄2

もう一人重要なのが、ニコロの幼なじみ、キキ。キキはニコロを慕っているが、ビアンカに思いを寄せているのを知っており、自分は身を引く。ここまでで一一人。泉がナレーターと舞台操作を兼任し、残り二四人。これを泉は四つの群集に振りわけた。フェルナンドの家来、ビリーの手下、ビアンカを襲う盗賊、聴衆たち。台詞らしい台詞はないので、出番が重ならない限り、何回顔を出してもいいことになっていた。人数が多い方が盛りあがるし、役はその他大勢でも、長く舞台に立っていられれば、それなりに満足感が得られる。うまいやり方だった。

オーディションの前に希望をとると、女子の人気はビアンカとキキ、男子の人気はビリーとニコロに集中した。おれもニコロを希望した。黒いマント、と見た瞬間、心は決まっていた。

宮内がキキに名乗りをあげたのには、みんな驚いた。もちろん唯一《ゆいいつ》の男子で、さんざん冷やかされたけれど、ひるまなかった。確かに宮内が好きそうな、少女マンガっぽい役だった。

オーディションは希望者の多い順に、ビアンカ、ビリー、キキ、ニコロ、と進んでいくことになった。第一希望の選に漏れたら、別のオーディションにも回れるシステムだった。

ビアンカのオーディションは白熱した。勝負は新谷と森川の一騎打ち。新谷は美人でスタイルもいいが、大根だった。森川は地味だけれど、演技がしっかりしていた。ビアンカ役を希望した一〇人を除いて決をとったところ、一四対一二で新谷の勝ち。女子の中心的な存在の新谷に対し、泉が推した森川が善戦したと考えるべきかもしれない。森川は別のオーディションに回り、ビアンカの継母をやることになった。

それからのオーディションは、完全に泉主導で進んだ。すべての台詞を読んでいなければ、目の前の芝居がいいかどうかの判断はつかない。決をとるとき、周囲をキョロキョロ見回しているやつが多かったのは、自分が希望する役の台詞しか読んでいなかったからだろう（おれもそうだ）。自《おの》ずと泉の意見が尊重されることになった。泉には妙な迫力があった。教壇の脇で眼鏡を光らせている姿は、本物の監督や脚本家みたいだった。

宮内は見事キキ役を射止めた。内股《うちまた》であらわれるなり爆笑が起きたので、どうなるかと思っていたら、芝居は文句のつけようがなかった。女子でさえほとんど手を挙げたくらいだ。ちょっと気持ち悪かったけれど。

ニコロのオーディションで、おれは三番手だった。教室の戸を引き開け、片手に台本を持って教壇にあがる。泉が指定したのは、ニコロがビアンカに求愛するシーンだった。台本を開いて前をむくと、体育座りをした連中が、真面目《まじめ》な顔で見あげている。脇から泉も大きな目で見ている。台本のト書きで、「うつむいて、ひとことひとことかみしめるように」となっている台詞を、おれは第五七話、『シャチの詩《うた》』のイメージで言うつもりだった。この話では、開業間もないころの孤独な日々を、ブラック・ジャックがピノコにしんみり語って聞かせるのだ。

と、演技プランはあるものの、緊張して声が出てこない。このまま突っ立っていたら、なにもしないうちに失格になる。片手でロングコートの裾《すそ》をつかみ、バサッ、バサッと顔の前ではためかせた。三〇人弱の視線を遮断し、気持ちを切りかえるための動作だった。目を丸くする連中の顔が、チラッと見える。びっくりしたんだろうが、反対におれは落ちついた。そこで、台本を読み始めた。

「ぼくにはなにもない。王子のような富も、ビリーのような力も。鍵ひとつつくることさえ、満足にできない」

調子が出てきて、また裾をはためかせ、ついでにその場で一回転した。

「ぼくには君への愛と、夢しかない。愛と夢だけが、君にあげられる、ぼくの宝」

「はい、そこまで」

泉の合図で芝居をやめた。落ちた、とおれは思った。

ところが、大差をつけて受かってしまった。前の二人がパッとしなかったとか、四番手以降、おれに引きずられてオーバーアクトになったとか、ほかの要素も考えられるけれど、おもしろがって手を挙げたやつが大半だった気がする。

健司にはそれが納得できなかったらしい。健司はビリーのオーディションで落ち、続くニコロのオーディションでも落ちた。おれがニコロに選ばれるや否《いな》や、いきり立った。

「なんだよさっきから、メガネザルの仲間ばっかじゃん！」

「山本君、そういう言い方はやめなさい」

桑野がたしなめるものの、聞く耳を持たない。

「あいつが書いたからって、言いなりでいいのかよ！」

健司はブーブー言い続けたが、多数決で決まったものは引っくり返らなかった。

その後《ご》もオーディションは続いた。こうして三時間以上かけて、すべての配役が決定した。

次の日から、大道具、小道具の作製と、稽古《けいこ》が始まった。本番まで約二週間。大道具と小道具は、必要最低限のものを用意することにした。ビアンカの家（ニコロの家と兼用）。キキの家の裏口。町角の建物の壁。背景の立ち木や岩。小道具は、王冠、アイパッチ、剣、その他《た》いくつかの家具。衣装は基本的に自前で、ビアンカのベールは保健室のシーツを借りることにした。

おれはいつもの格好で出るつもりだったが、泉が認めてくれなかった。三年のとき買ってもらったブラックジーンズが短くなり、靴下がのぞくようになっていたのだ。父親に買ってくれと頼むのが面倒で愚図っていたら、泉が言い出した。

「今度の日曜、さがしてみよう」

待ちあわせ場所は、森塚小の裏の都営団地にある公園だった。泉はそこの11号棟に住んでいた。宮内は家族で、父親の見舞いに出かけるため、来ていなかった。二人だけで顔をあわせるのは、初めてだった。

「あれ?」

おれは、ペチャクチャおしゃべりしている集団を指さした。ベンチとプラタナスしかない殺風景な公園に、大勢の主婦が集まっているのだ。青空市場と説明は受けていたが、こんなに盛況だとは思っていなかった。泉がそっちを見てうなずいた。

「月に一、二回あるんだけど、今日は少ない方」

公園の裏にある集会所から、職員らしい人たちがいくつか、ダンボール箱を抱えてやって来た。まん中にそれらが置かれるや、主婦たちがワッと殺到した。仕留めた獲物に群がる、ライオンみたいだった。そこで待ってて、と言い残し、泉もその群れに加わった。弾《はじ》き飛ばされるんじゃないかとやきもきしていたら、意外に軽い身のこなしで、主婦たちのあいだをすり抜けていった。

戻ってきた泉は、おれ用のチノパンのほかに、弟のためのトレーナーまで抱えていた。あててみて、と言われたので、ブラックジーンズの上からそうした。泉が大きな目でながめた。

「裾は折り返せばいい。アジャスターがついてるから、いちばんきつくして上着入れれば、ずり落ちない」

なんかお姉ちゃんっぽいな、とおれは思った。

ダンボール箱が片づけられ、主婦たちがいなくなったあと、おれたちはベンチで少し話した。

背後のプラタナスがサワサワ鳴り、ときおり黄色い葉を落とす。吹きつける風はひんやりしていた。早朝と言ってもいい時刻で、泉がこれから朝食をつくるそうだった。

「お母さん、まだ寝てるから。青空市場も、毎回来てるうちに慣れた」

「へー」

相づちを打ちながら、しわくちゃのチノパンを両手で広げ、点検する。陽光を受けると濃い紺色だが、ベンチの下の暗がりに持っていくと、ちゃんと黒く見えた。泉が言った。

「どう?」

「うん……大丈夫」

「そう。よかった」

おれは泉に目をむけた。なるべく黒っぽいのを選んでくれたことに、やっと気づいたのだ。

「ありがと」

泉が真面目な顔でうなずいた。

「ブラック・ジャックは織田のよりどころだから」

「ヨリドコロ？」

「いちばん大切なもののこと」

もっとその話をしたかったけれど、泉は腰をあげていた。

「もう帰らないと。健太が待ってる」

手を振って泉と別れた。トレーナーを抱えて11号棟へ急ぐうしろ姿を見送りながら、ほんとお姉ちゃんっぽいな、とまた思った。

大道具、小道具を用意する一方、稽古をした。が、これがうまくいかなかった。桑野が立ち会わないので泉が指揮を執ったものの、言うことを聞かないやつが多かったのだ。特にひどかったのが、健司と新谷。健司はすべてのオーディションに落ち、群集の一員になっていた。適当に騒いで暴れて、という指示を曲解して、芝居をぶち壊すような大騒ぎをした。

「山本君。ちゃんとやってください」

「なんで？ ちゃんとやってんだろ」

泉が注意しても、薄ら笑いを浮かべるだけだった。やはり群集の一員になったとり巻きも便乗し、何度も稽古の邪魔をした。

新谷の方は事情が違った。やる気はあるけれど、とにかく大根だったのだ。台詞《せりふ》の覚えは悪いし、しゃべれば棒読みだし、表情がまるでない。新谷のせいで、稽古が中断することもしばしばだった。周囲もだんだんいら立ってきた。フェルナンド役のケーゴが、ボソッと漏らした。

「おれ、あいつがきらいになってきた」

しかし、泉は辛抱強かった。何日かかけて通し稽古を終えると、一人一人にあらためて細かなアドバイスをした。大道具、小道具の作製にも熱心で、半分は泉がつくったようなものだ。その成果か、泉の言葉に耳を傾けるやつが徐々に増えてきた。健司たちと新谷に目をつぶれば、二度目の通し稽古はずいぶんよくなった。昼休みの図書館でも、泉が話すのは劇のことばかりだった。泉はことあるごとに言った。

「初めての作品だから、絶対成功させたい」

宮内は心から応援しているようだったけれど、おれは正直、たかが学芸会、と思っていた。

親しい相手に対する評価は、低くなりがちなものだ。中学を卒業した年、泉は名の通った新人賞をとり、作家としてデビューする。「紫式部の再来」と評されたことさえある、生粋《きっすい》のストーリーテラーだった。残念なことに、三〇歳をいくつも越えずに世を去ってしまったけれど、一一歳と言えばデビューの四年前。並はずれたこだわりを見せたのも、当然だったのかもしれない。

本番の三日前、最後の通し稽古に入った。健司たちはなりをひそめていた。騒ぐたびに白い目で見られ、形勢の不利を悟ったらしい。問題は新谷だった。まわりがうまくなっている分、下手なのがますます目立った。みんなイライラしていたけれど、その先鋒《せんぽう》はおれだ。もっとも多くからむだけに、不満はつのる一方だった。

「やっぱ、森川の方がよかった」

だが、そう言ったのはまずかった。新谷が泣きそうになり、女子にはいっせいになじられた。泉がそばへ行き、演技指導しようとしたら、新谷がヒステリックに突き飛ばした。

「うるさいな、ほっといてよ！」

横に倒れかかり、泉の顔から眼鏡が飛んだ。それを拾おうとせず、なおも演技をつけようとする。

「ここは大げさにならないように、けど、はっきりと」

泉が架空の観客席に目をやり、よく通る声でしゃべり始めた。

「わたしは、富も力もほしくない。わたしは歌っていたい。そして、いつまでも夢見ていたい。必要なのは、ともに夢見る人。それはあなたよ、ニコロ。あなたこそわたしの求めていた人」

涼しい目が熱を帯びて輝き、スポットライトを浴びているみたいだった。こんな感じ、と素に戻り、しゃがんで眼鏡を手さぐりしている泉の足もとへ、新谷が丸めた台本を叩《たた》きつけた。

「あたし、もうやらない！　あんたがやればいいでしょ！」

語尾をくぐもらせ、教室から駆け出した。仲のいい女子も、そのまま見送っていた。そのあとを追おうとしたのか、ようやくさぐりあてた眼鏡をかけ、泉が立ちあがった。そのとき、森川が言い出した。

「わたし、泉さんがやった方がいいと思う」

賛成！　と宮内がまっ先に叫んだ。やがて、わき立つように、あとからあとから同意の声があがった。一瞬固まったものの、泉の決断は早かった。

「やります」

泉としては、劇がうまくいきさえすればよかったんだろう。いっせいに拍手が起こった。そっぽをむいているのは、健司ととり巻きだけだった。

ビアンカ役を放棄した新谷は、泉に説得されて、ナレーターと舞台操作を担当することになった。しかし、すんなり承知しなかったために、練習に参加したのは、本番前日の舞台稽古のみだった。

この劇では舞台を中幕《なかまく》で仕切る。中幕があがると、ホリゾントの上手《かみて》にキキの家の裏口、下手《しもて》にビアンカ兼ニコロの家がある。暗転して中幕をおろし、その前に建物の壁を設置して照明をつければ、村から町へ移動したことになる。そのほかの場面転換も、中幕と照明を活用してスピーディーに行なう。上手中二階のブースから進行を見ながら、コントロールパネルで操作するのだが、幕のあげおろしや照明の切りかえのタイミングを誤ると、芝居が台なしになってしまう。泉が丁寧に説明し、台本にも詳細な指示を書きこんだものの、新谷の操作は危なっかしかった。必要なときに中幕があがらなかったり、筋とは無関係に照明がついたりした。終了間際《まぎわ》、初めて顔を出した桑野に訴えたら、気安く受けあった。

「大丈夫。先生もブースに入って、新谷さんを助けるから」

その上でもう一度おさらいをしたかったけれど、認められなかった。三学年、一二クラスが演じるから、二〇分ずつ稽古をすれば、四時間もかかる。桑野のサポートを信頼して、明日に臨むしかなかった。

当日は保護者も多く、体育館は満員だった。カーテンを閉め切り、薄暗い。渡されたプログラムを見ると、牧歌的なタイトルが並ぶ中で、五年四組の『恋のゆくえ』は異彩を放っていた。

劇はコンクール形式だった。教師、生徒、保護者、すべての観客が投票し、得票数最多のクラスが最優秀賞を手にする。なんでも平等主義で、主役を複数立てたりする昨今では考えられないことだが、おれたちはこの戦いにいやが上にも燃えた。

四年の劇が終わり、五年も三組まで進んだ。舞台裏に入ろうとしているところへ、ジャージの桑野が腰をかがめ、小走りにやって来た。

「ごめん、新谷さん。先生、手伝えなくなった」

「えっ」

「担任は手助けしちゃいけないっていうお達しでね。でも、きのう一回やってるから、大丈夫よね？」

かぶりを振る新谷に構わず、早口で続ける。

「それとね、だいぶ長引いちゃってるから、時間厳守でお願い。先生、ずっと時計見てるから、手を叩いたらスピードアップね」

呼び止める暇《いとま》もなく、桑野は職員席へ戻ってしまった。

「なんだそれ」

ケーゴが吐き捨てるように言ったのが、大方の気持ちを代弁していたと思う。

「行こう。準備しないと」

大きな目でおれたちを見回し、泉が言った。舞台上の三組の芝居は、終盤に入っているようだった。舞台裏に通じるドアへゾロゾロ向かう。泉は新谷に寄り添い、しきりに話しかけていた。新谷がこわばった顔で、何度もうなずく。

「それでは、五年四組の『恋のゆくえ』、ご覧ください」

新谷の抑揚のない声が、増幅されてスピーカーから響き、緞帳《どんちょう》があがった。初めはビアンカが家でこき使われる場面。次に夜、ビアンカが家を抜け出し、町へ行く場面。心配だった中幕、照明の操作もうまくいった。上手の袖《そで》から見ていたおれは胸をなでおろしたが、ラジカセにあわせて泉が口パクで歌い始めると、聴衆の中から突拍子もない大声があがった。

「うわあああ、うわあああ」

健司ととり巻きだった。喝采《かっさい》じゃなく、わめいているだけだ。こういうのが好きな低学年を中心に、笑いが広がる。ラジカセ係が負けじとボリュームをあげ、耳がおかしくなるほどやかましい。パンパン、という音が微《かす》かに聞こえた。見ると、下手の袖の桑野が、あせった表情で手を叩いている。それに気づいた聴衆の一人が、泉がまとっているシーツの足もとを引っ張った。眼鏡をはずして視力が落ちている泉に、そばのやつが合図をすることになっていた。泉が片手をあげると、ラジカセ係が歌を止め、ワンテンポ遅れて、健司たちもわめくのをやめた。そのズレがまた笑いを誘う。照明を浴びたやつらの顔は、こらえ切れずにニヤニヤしていた。ベニヤの壁を伝い、泉がうしろに引っこんだ。同時に暗転、中幕があがる。新谷は健闘しているものの、健司たちが本番で仕かけてくるとは思っていなかった。

その後《ご》も健司たちの妨害は続いた。みんな舞台裏を走り回っていて、やめさせる余裕がない。本来それは桑野の役目だが、袖に張りついてタイムキーパーに徹している。だれかが舞台裏に押しとどめようとしたけれど、健司たちは制止を振り切り、台詞の途中で飛び出してしまった。

「うわあああ」

観客がドッと笑う。低学年の中には、奇声をあげて喜んでいる子もいた。健司たちに対抗して、みんな大声を張りあげて芝居がチグハグになり、意図していないところで笑いが起きる。盗賊に襲われ、ビリーに救われる場面のあと、舞台裏で泉とすれ違ったら、頭をさすっていた。

「どうした?」

「思いっきり叩かれた」

盗賊にまじった健司たちの仕業だろう。ダンボールでつくった剣でも、相当痛かったはずだ。

「大丈夫?」

「劇を守らなきゃ」

泉は初めて見る、真剣な顔つきをしていた。

芝居がいよいよ佳境に入った。家を追い出され、ベールをまとわずに町角に立ったビアンカに、聴衆は失望して去っていく。

「うわあああああ」

悲しげに尾を引く叫び声を残し、ほかの連中に引きずられて、健司たちが下手に消えた。笑いとともに拍手が起こる。すっかり人気者になっていた。

よし、とおれは思った。群集の出番は終わりだ。これでやつらも妨害できない。

おれは中幕から顔を引っこめた。上手の家の裏口の前には、キキに扮《ふん》した宮内が立っている。母親と姉貴に借りたというスカーフにスカート姿だが、見慣れてなんとも思わなくなっていた。薄闇《うすやみ》の中、両袖でうなずき交わしたとき、スルスルと中幕があがり、強烈な照明が当たった。さっそくおれは演技を始めた。

「いますぐ町に駆けつけたい、そして、ビアンカに思いを伝えたい。でもぼくは、黒いマントの騎士じゃない。鍵屋《かぎや》の三男坊、つまらないニコロ。ぼくにはどうすることもできない。どうすることも！」

「ニコロ」

観客にむかって両手を差しあげたとき、宮内の声がかかった。宮内がこっちへ近づいてくる。登場する回を重ねるごとに、本当の女の子みたいに見えてくるのが不思議だった。観客もいまでは笑わなくなっている。かたわらに来た宮内が、おれに思い詰めたようなまなざしを向けた。

「行くのよ、ビアンカのもとへ」

「でも」

「グズグズしないで。待ってて、いま、持ってきてあげる」

宮内が足早に上手へ引っこむ。父親や兄たちに知られないように、ニコロはマントをキキに預かってもらっている。これがあなたの夢の翼、行け！　そう言ってマントを着せて送り出したあと、一人で泣く。宮内の見せ場だった。

ところが、いっこうに帰ってこない。苦悩する演技を続けながら上手を見ると、袖幕の陰で宮内が健司に羽交い絞めにされ、もがいていた。

またあいつ。

いつまでもキキが戻ってこないので、観客がざわめき出した。突然、パンパンと音がした。桑野がせかしているのだ。どうすることもできなくてウロウロしていたら、続けざまに手が打ち鳴らされた。そういう演出だと勘違いしたらしく、観客がそろって手拍子を始めた。舞台裏をあわただしく駆け抜ける足音がして、上手の袖に眼鏡をかけた泉があらわれた。泉はうしろから、健司の頭にがばっとシーツをかぶせた。暴れて腕がゆるんだ隙《すき》に、宮内が脇《わき》の机のロングコートをつかみ、走り出した。その気配を感じとったのか、シーツをかぶった健司も舞台に飛び出した。泉がとっさにシーツの中へもぐりこみ、しわがれた声で叫んだ。

「行かさぬ、行かさぬぞー！」

ふたこぶの幽霊が、キキを追っているように見えなくもない。宮内は移動しながら、これがあなたの夢の翼、まで言い、コートをおれの背中にかけたところで、行け！

と押すのだが、うしろを気にしてやたら早口になっていた。

「これがあなたの夢のつばっ」

スカートを踏んづけ、宮内が転んだ。そこへシーツをかぶった二人がけつまずき、悲鳴が重なりあう。宮内が放り出したロングコートが、舞台を滑って、ちょうど足もとへ来た。これも演出だと思ったようで、手拍子が拍手に変わった。それを拾いあげて羽織り、下手に駆けこむ。袖の桑野が手を振り回し、暗転。ありがとう、キキ！

という台詞《せりふ》を抜かしていた。口を開いたら笑ってしまいそうだったのだ。

中幕がおり、照明がつく。健司は排除され、泉は身なりを整えていたが、眼鏡をはずし忘れていた。舞台は町角。ビアンカにフェルナンドとビリーが次々に求愛する。そこへ息を切らしてニコロが登場し、一気にしゃべる。しかし、フェルナンドの台詞が終わり、ビリーの台詞が終わっても、笑いの発作はおさまらなかった。さっきの情景が頭を駆けめぐり、笑っちゃいけないと思えば思うほどおかしくなった。泉たちが心配そうに袖のおれを見ている。このままだと芝居が止まってしまう。オーディションのときと同じように、ロングコートの裾《すそ》をつかみ、バサッ、バサッとはためかせて舞台へ出た。観客もここが山場だとわかっているらしく、静まり返っている。時間稼ぎをするものの、噴き出しそうでやはりしゃべれない。間が持たなくて一回転したら、観客がわいた。それを聞いてアイディアが浮かんだ。

いまのうちに笑っちゃおう。

裾をはためかせ、一回転、二回転。ロングコートが瞬間的につくり出す暗がりで、下唇を噛《か》みしめてクツクツ笑う。旋回するたびに高まるのを、歓声だと思っていたけれど、実際には警告だったようだ。なんとかいけそうになり、大きくターンして泉にむきなおろうとしたとたん、舞台から足を踏みはずした。ストーンとそのまま落ち、尾骶骨《びていこつ》を激しく打ちつける。観客がワーッと叫び、パイプ椅子《いす》がガチャガチャ音を立てた。おれが消えたので、うしろの方が立ちあがったらしい。涙目で見あげると、泉たちが舞台の縁《へり》から身を乗り出していた。おれはうなずいてみせた。舞台に戻らなきゃ、劇が終わらない。目顔で合図してうしろへさがらせ、縁に両手をかける。すると、再び観客が叫んだ。三人が上を見てあたふたしている。緞帳がシャーッとおりてきたのだ。

「先生、先生」

泉が袖にいる桑野に呼びかけた。三人が舞台にのぼりかけているおれを指さすと、桑野はブースにむかい、せわしなく下から扇《あお》ぐような合図を送った。ハプニング続きで動揺し、新谷は手順がわからなくなってしまったらしい。緞帳は最後までおり、次に中幕があがった。しばらくして緞帳があがったが、中幕もあがったままなので、うしろの大道具がむき出しになった。撤収していた連中が、観客の目にさらされているのに気づき、上手と下手にわかれて逃げた。その間《かん》におれは舞台に立った。観客はずっと笑っていた。おれは泉に近寄った。眼鏡のつるを押しあげる仕草をしたら、大きな目を見開いた直後、あわてた様子ではずし、ポケットにしまった。うっすら汗ばんだ顔が輝いている。タータンチェックの赤いスカートと、黒いセーターを身につけた泉は、みすぼらしい村娘にしてはあまりにきれいだった。尾骶骨がズキズキ痛む。でも、そのお陰でやっと言えた。

「ぼくにはなにもない。王子のような富も、ビリーのような力も。鍵ひとつつくることさえ、満足にできない」

もう一歩近寄る。

「ぼくには君への愛と、夢しかない。愛と夢だけが、君にあげられる、ぼくの宝」

「……あなただったの」

泉がおれの手をとった。

「わたしは、富も力もほしくない。わたしは歌っていたい。そして、いつまでも夢見ていたい。必要なのは、ともに夢見る人。それはあなたよ、ニコロ。あなたこそわたしの求めていた人」

フェルナンドとビリーが退場する。見つめあってからうなずき、おれたちは手をつないだまま、観客にむきなおった。

「夢見ていよう、いつまでも」

両手を高々と差しあげる。

「二人で！」

ここで緞帳がおりるはずなのだが、新谷の動揺はおさまっていなかった。中幕がおり、またあがった。急に照明が落ち、まっ暗な中で緞帳がおりてきた。緞帳が完全におりても、観客はなかなか笑いやまなかった。


得票数最多にもかかわらず、『恋のゆくえ』は最優秀賞を逃した。受賞したのは六年の民話劇で、おれたちには特別賞が与えられた。

校長の説明によれば、〝ふざけすぎだから〟というのが、その理由だった。

さらば、B・J

　運動会、学芸会と続いたイベントで、おれたちの株は上昇した。しかし、時間がたつにつれて、もとの変わり者扱いに落ちついた。学校生活には、うんざりするくらい行事が詰めこまれている。どんなできごとでも、数週間もすればすっかり印象が薄れてしまう。

　けれども、おれにとってはそうじゃなかった。おれはあの日以来、泉のことばかり考えるようになった。ひたむきな表情や、眼鏡をはずしたときの大人っぽい顔が果てしなく頭に浮かび、息苦しいほどだった。

　得意の妄想力を駆使して、さまざまな二人きりのシチュエーションをでっちあげた。特にお気に入りだったのは、泉の危機を身を挺《てい》して救い、泣きながら愛の告白を受けるパターン。

「織田、死なないで！」

「よかった、泉が無事で」

「わたし、織田が好きなの、大好き」

「おれも泉のことが、うっ。（ガクッと首を垂れる）」

「織田！　織田！」

泉は半狂乱になり、おれの体にすがりついて泣きじゃくる。そういう場面を思い浮かべ、うっとりにやけているのを自覚すると、不安になった。

おれ、なんか変。

でも、気を許すと、たちまち妄想があふれてくる。いままでどおり、おれたちは三人で行動したが、妄想と現実のギャップがうまく埋められず、おれの泉に対する態度はぎこちなくなった。泉は気にしていないみたいだったけれど、宮内からはうかがうような視線を感じた。ある日、ズバッと切り出された。おれたちは毎朝、公団の公園で待ちあわせ、一緒に登校していた。

「織田君、泉さんが好きでしょ」

「……なんで」

「バレバレだよ。いっつも見てるし、話すとき、顔赤くなってるし」

「そう？」

「うん」

「泉にもバレてるかな？」

「それはない」

宮内がきっぱり言った。

「泉さん、そういうの鈍いから」

「そっか」

打ち明けたら急に気が楽になった。おれはペラペラしゃべり始めた。

「学芸会のあとから気になり出して、泉のことばっか考えるようになってさ。ほんと、ずーっと考えちゃうんだよ」

宮内が真剣な表情でうなずいた。

「頭が変になったみたいで、ちょっとこわいよ」

「初恋なんだね」

「ん？」

「初めての恋、ってこと」

おれは第七四話、『かりそめの愛を』を思い出した。奇跡のオペで命をとりとめた青鳥ミチルは、生まれて初めて死ぬほどの恋をしている、とブラック・ジャックに告げる。好きな話だけれど、自分に重ねあわせるのはたまらなく恥ずかしかった。

「でええい」

おれは宮内にタックルした。やせているから簡単に吹っ飛び、歩道の脇《わき》の芝生に転がった。

「なにするの⁉」

宮内が甲高い声で叫び、歩いている小中学生が何人も振りむいた。

「悪い。どうしていいかわかんなくて」

尻餅《しりもち》をついたまま、宮内が真剣な表情でうなずいた。

「わかる」

秘密を共有していることで、おれと宮内はいっそう親しくなった。三人でいるとき、おれたちがこっそり目配せしているのに気づき、泉が怪訝《けげん》そうな顔をすることもあった。

宮内の手前をはばかる必要がなくなったので、おれは露骨に泉べったりな行動をとるようになった。学校の図書館にいても児童館にいても、泉は五時にはそこを出て、母親が働くスーパーまで歩き、子ども広場で遊んでいる弟を迎えに行く。弟が母親から預かった一〇〇〇円で二人分の夕飯を買い、団地に帰って食べるのが日課だった。いままでは五時に二人と別れたあと、自転車でファミリーレストランへむかっていたが、おれも泉とスーパーまで歩いて行くようになった。スーパーの前の通りを南に進み、教育センターがある十字路を左折して真っ直《す》ぐ進むと、国道に面したファミリーレストランに着く。公団まで帰るのに三〇分くらいかかるけれど、少しでも長く泉と一緒にいたかった。チャリが小さくなったから乗るのやめた、という言いわけを、泉は疑問を持たずに受け入れたようだった。

それから、夏休みにも増して本を読むようになった。泉がいちばん生き生きするのは、本の話をするときだったからだ。星新一同様、すべて手引きしてもらった。江戸川乱歩。北杜夫《もりお》。筒井康隆《やすたか》。『ブラック・ジャック』以外にも豊かな世界が広がっているのを、おれは少しずつ知り始めていた。

一方宮内は、手を出したのは吉屋信子だけで、ひたすら図書館と児童館の少女マンガを読み返していた。おれは宮内の将来の夢を初めて教えてもらった。泉にも話したことがないそうだった。

「マンガ家」

登校中、宮内が言った。

「コマ割とかネームとか、いつも意識して読んでる」

「へー」

どっちも聞いたことのない言葉だけれど、なんだかすごそうだった。別の日、もじもじしながら見せられた処女作は、別の意味ですごかった。大学ノート二〇ページ程度の、『大恋愛』という作品。登場人物の瞳《ひとみ》は、顔の半分以上を占める巨大な長方形で、手足はゴボウみたいに細く、全身のシルエットはやじろべえに似ていた。ストーリーは、団地に住む貧しい少女と、豪邸に住む青年との恋が『ロミオとジュリエット』風に展開し、収拾がつかないほど筋が入り乱れたあげく、最後の一ページで唐突に結末を迎える。

「いろいろあったけど、今は幸せ！」

そう書かれた脇で、ウエディングドレスとタキシードに身を包んだ二人が、口をとがらせてキスをしている。そこにいたった経緯の説明は、一切なし。顔をあげると、宮内がジッと見ていた。

「えーと、すごいね」

「ほんと⁉」

宮内の顔がパッと輝いた。それ以降宮内は、描きあげた新作を必ず見せるようになり、おれは毎回、感想をひねり出すのに苦労した。

翌年、おれたちは六年になった。クラスは持ちあがりだが担任はかわり、桑野は学校からいなくなった。自分から辞表を提出したとか、PTAに辞めさせられたとか、いろんな噂《うわさ》があったものの、真相はわからない。最後の方は学級崩壊の様相を呈していたから、どっちみち続けるのは無理だったかもしれない。

新しい担任は、田辺という若い男性教師だった。やせぎすで、細面に銀縁眼鏡をかけ、長い前髪を横に流していた。なにかにつけて大学時代、アメリカに留学した話を持ち出すので、すぐに〝アメリカン〟というあだ名がついた。アメリカンは熱心だった。四月中旬の家庭訪問、アメリカンは三日という規定期間を大幅に超え、一週間かけて生徒全員の保護者と会った。仕事で都合のつかない保護者が多く、桑野のときは何軒も回り残しがあった。おれの家もそうだったが、アメリカンはわざわざ日曜日の昼すぎ、公団まで訪ねてきた。父親とアメリカンがダイニングキッチンで話しているあいだ、おれは六畳間で『ブラック・ジャック』を読んでいた。襖《ふすま》越しに、父親の楽しそうな笑い声が何度も聞こえたけれど、アメリカンが帰ったあとはムスッとしていた。

「めんどくさいなあ。授業参観に絶対来い、だってさ」

めずらしくきちんとした格好の父親が、煙草《たばこ》を喫《す》いながらぼやいた。

「暇な主婦とは違って、こっちは仕事があるってのに」

授業参観は翌週火曜日、五時間目の算数だった。アメリカンの熱意のたまものか、教室のうしろに並んでいる保護者の数は、去年とは比べものにならなかった。おれの父親も来た。ゆうべも飲んで帰ったらしく、登校するときはまだ寝ていたから来ないのかと思いきや、黒いピンストライプのスーツに赤いポケットチーフをのぞかせ、すっかりめかしこんでいた。父親はにこやかに、両脇の母親たちに話しかけている。唯《ゆい》一《いつ》の男なので目立ったが、授業開始直前、一人の母親が入ってくると、みんなの注目はそっちへ移った。

その母親は髪をひとつにまとめ、オフホワイトのチノパンに、フードがついた紺のパーカーを着ていた。スーツ姿の母親が多い中で、際立《きわだ》ってカジュアルだけれど、それが若々しさを強調していた。少し釣りあがった、涼しい目もとに見覚えがあると思ったら、うしろをむいた泉に軽く手を振った。父親がさり気なく、そっちへにじり寄っていくのが見えた。げ、とおれは思った。おれは以前、太田先生に聞かされた言葉を思い出した。居留守を使う父親に業《ごう》を煮やし、そのころになると悪口の言い放題だった。

「坊主《ぼうず》もついてねえな。あんな山師の、エロオヤジの息子じゃ」

山師はともかく、エロオヤジの意味はわかった。父親の動向が気になり、授業にまったく集中できなかった。そのせいで、質問にとんちんかんな返答をしてしまい、みんなに笑われた。肩越しにうかがうと、父親が笑って顔を近づけ、泉の母親になにか言っていた。授業のあとの懇談会から、一〇名程度の保護者が抜けた。父親も泉の母親と並んで出て行った。余計なことすんなよ、と祈るような気持ちで見送った。

が、父親はアクションを起こしていた。なんでわかったかと言うと、次の日曜日、父親から話しかけてきたためだ。

「和也の友だちのお母さん、美人だよなあ」

「だれ？」

「泉さんだよ、泉さん」

校門まで歩きながら、離婚していることや、スナックで働いていることを聞き出したらしい。

「ちょくちょくお店に来てください、って言われたよ。これもなにかの縁だからなあ」

父親は上機嫌でしゃべり続けた。すでに何度か足を運んだみたいだった。おれはずっと黙っていた。母親がいなくなって一年ちょっとで、もう頭を切りかえているのが腹立たしかったし、泉にうとまれることにつながりそうで、いやだったのだ。

しかし、そう愚痴ったら、宮内の意見は違っていた。

「なんでいやなの。二人が結婚したら、泉さんと一緒に住めるかもしれないじゃない」

「ええ⁉」

おれはしどろもどろになった。

「でも、それだと、それだと親子になっちゃうんじゃ」

「親子じゃなくて、兄妹《きょうだい》」

「兄妹って言っても、年が同じだから」

「わかってないな」

宮内がじれったそうに言った。

「血がつながってない兄妹は、結婚できるんだよ。そういう話、マンガによくあるでしょ」

「……そうか」

「そうだよ。理想的じゃない」

「そうか！」

俄然《がぜん》乗り気になったが、急にハッとした。

「宮内はいいの？」

宮内がさみしそうに笑った。

「いいの、ぼくは。陰から見守ってるだけで」

「ふーん」

確かにそういうのも、好きそうな設定だった。

それから宮内と話しあい、二人を結婚させるための計画を立てた。と言っても、お見あいをセッティングする、ということしか思いつかなかったけれど。昔両親に連れられて行った、国道沿いにあるスカイラウンジを会場にしよう、と決めたところで、泉に話した。そのときもおれたちは、スーパーにむかって歩いていた。泉は真面目《まじめ》な顔で聞いていたが、おれが話し終えるとあっさり言った。

「それは無理。お母さん、つきあってる人がいるから。たぶん、結婚する」

「ええ⁉」

「来年わたしたち、引っ越すと思う」

「ええ⁉」

ダブルショックだった。打ちのめされつつ、辛《かろ》うじて聞いた。

「……どこへ」

別の区の知らない町だった。泉もくわしくは知らないみたいだけれど、相手はスナックの常連客らしい。泉の卒業を待って結婚し、男が住んでいる町へ引っ越すそうだった。

「ほんとはいやなんだけどね。ずっとこの町で育ってきたから」

泉が大きな目でおれを見た。

「でも、お母さんや健太のためには、そっちの方がいいと思う」

卒業までの日数は、一〇か月しか残っていなかった。目の前に突然、ぶ厚い壁がおりてきたような気分だった。

引っ越すと聞かされてから、泉に対する執着はいよいよ強まった。こういうのは周囲にも伝わるらしく、黒板に相合傘《あいあいがさ》を書かれたり、健司たちに冷やかされたりした。泉はふだんどおりで、どう思っているのかわからなかった。少し控えた方がいい、と宮内には忠告されたものの、制御できなかった。おれは初めて、ブラック・ジャックに違和感を覚えた。ブラック・ジャックは如月めぐみにも、桑田このみにも、一定の距離を置いて接し続ける。でも、本当に好きなら、そんなにクールじゃいられないと思った。おれはだんだん『ブラック・ジャック』を読まなくなった。本を読む習慣がついたのも、大きな要因だった。すすめられるまま、外国の作家にも手を伸ばした。コナン・ドイル。アレクサンドル・デュマ。エドガー・アラン・ポー。おれたち三人は、一緒にいる時間の大半を本とマンガに囲まれてすごした。そうしているうちに夏がすぎ、秋もすぎて、二学期の最終日を迎えた。

その日はクリスマスイブだった。終業式のあと、六年四組は教室でクリスマスパーティーを開いた。カーテンを引き、机と椅子《いす》をうしろに寄せて、体育座りで『三十四丁目の奇蹟《きせき》』という白黒の映画を見せられた。アメリカンは傑作だと力説したけれど、おれは二〇分もしないうちに眠ってしまった。

映画が終わり、チキンバスケットやフライドポテトを食べてから行なわれた隠し芸大会が、パーティーの白眉《はくび》だった。先陣を切ったのは、アメリカン。

「一番、田辺良平。チャック・ベリーで、『ロックンロール・ミュージック』！」

たすきがけにしたギターをかき鳴らし、歌い始める。チャック・ベリーを知っているやつがいたかどうかは微妙だが、腰をかがめ、膝《ひざ》を曲げて、片足で飛び跳ねながら演奏したのが大受けだった。これで弾みがつき、次から次に教壇へあがった。全員やるのが義務づけられていたのだ。おれは物真似《ものまね》が三人続き、雰囲気がだれたところで名乗りをあげた。持ちネタには絶対の自信があった。ブラック・ジャック熱が冷めてからも、練習を続けてきたドライバー手裏剣だ。

「二一番、織田和也。ドライバー手裏剣！」

怪訝《けげん》そうなみんなを尻目《しりめ》に、ロングコートのポケットから手書きの的をとり出し、黒板の脇《わき》の掲示板に貼《は》る。錐《きり》状ドライバーを選び、五、六メートル距離をとって半身に構える。敬礼するように振りかざした右手を、床に水平になる位置まで振りおろすと、ドライバーは真っ直《す》ぐ飛び、的のまん中にトスッと刺さった。

「おー！」

調子づき、いちばん刃先のせまいマイナスドライバーを、さっきより力を入れて投げた。ダスッと音がして、錐状ドライバーの真横に刺さった。再び大きな歓声があがる。

「おれにもやらせて」

何人かの男子が挑戦したが、回転してことごとく掲示板に弾《はじ》かれた。四人目のドライバーが教室の戸まで弾け飛んだところで、アメリカンが危ないからと中止させた。

「これ、どのくらい練習した？」

「約三年」

三度《みたび》歓声があがり、おれは得意の絶頂だった。

宮内はうまくごまかした。

「三〇番、宮内武《たけし》。えー、記念撮影をします」

「記念撮影？」

宮内は、平べったい箱のようなものを、首からストラップでぶらさげていた。それを両手でいじると、上部が中央から三角に持ちあがり、形状がカメラに変わった。メカ好きな男子を中心にざわめきが起きる。宮内がすかさず呼びかけた。

「みなさん、こっちを見てくださーい」

シャッター音とともにフラッシュが焚《た》かれる。カメラの下部から写真がべーッと出てきた。みんなそばへ寄る。画像が鮮明になると、口々に声があがった。

「目つぶっちゃった」

「わたし、カメラ見てない」

「もう一枚、もう一枚」

求めに応じ、宮内がもう一度シャッターを切った。写真は掲示板に貼っておき、希望者があれば三学期、焼き増すことになった。うやむやのうちに宮内の番は終わった。隣に戻ってきて体育座りをした宮内に聞いてみたら、誕生祝いに買ってもらったそうだった。マンガを描く参考資料として、いろんなものを撮影するのにどうしてもほしかったらしい。

「そういうの、すごく高いんだろ？」

「うん。そのかわり、クリスマスプレゼントは一生なしだって」

損じゃないかと思ったけれど、おれも去年父親に、今年からクリスマスプレゼントはなしと宣言されていたので、境遇は同じだった。

泉は最後に教壇へあがった。

「三七番、泉茜。超拡大」

黒縁眼鏡のつるを両手で持ち、少し前へ突き出す。

「二倍」

グワッと目が大きくなる。

「四倍」

さらに前へ突き出すと、輪郭がぼやけるほど大きくなった。真面目な表情を崩さないのがおかしくて、おれと宮内は大笑いした。が、ほかに笑っているやつはいなかった。学芸会以来、泉びいきの森川と新谷がハラハラしているみたいだった。健司が大声で嘲《あざけ》った。

「それがラストかよ。最悪ー」

泉の顔つきが明らかに変わった。

「先生。もうひとついいですか」

「まだあるんだ。いいよ」

泉が居ずまいを正した。

「なんの音かあててください」

言うなり、芸が始まった。高低を変えて鼻から抜けるような音を出しつつ、右から左に首をめぐらせる。その動きは途中からスピードを増し、最後は毛先が跳ねるほどの勢いだった。

「わかった、F1!」

「正解です」

泉は次々に音を出した。救急車のサイレン。電車が踏切を通過する音。犬の遠吠《とおぼ》え。ハトの鳴き声。どれもだれかが一発であてた。それだけ真に迫っていたのだ。表情を変えずに淡々とこなすのが、名人の風格さえ漂わせた。盛大な拍手を受けて、泉が隣に戻ってきた。おれは興奮して話しかけた。

「泉、すごかった！」

「健太にお話するとき、効果音つけてるうちにうまくなった」

弟がうらやましい、とおれは思った。

それからひとしきり、ジュースを飲み、お菓子を食べた。途中、窓の外に目をやったケーゴが、大声で叫んだ。

「雪だ！」

みんなワッとそっちへ寄った。朝からどんより曇っていた空から、ひっきりなしに舞い落ちていた。

五時ごろ、パーティーが終わった。昇降口を出ると、雪は少し強まったみたいで、校庭はもう薄くおおわれていた。たいして積もっていないのをすくいあげ、雪合戦をしている気の早い連中もいた。泉がモスグリーンのワンタッチ傘を開いた。ファーのついた白いコートに似あっている。入る？　と聞かれたけれど、おれたちは断った。どっちか一方が入るのは不公平な気がした。宮内も同じことを考えていたのかもしれない。並んで校門を出るとき、宮内がうれしそうに言った。

「ホワイトクリスマスになって、よかったね」

スーパーへ健太を迎えに行き、四人でパーティーの続きをする予定だった。健太が母親から預かっている一〇〇〇円でクリスマスケーキを買い、泉の家で食べる。宮内がインスタントカメラを用意していたのは、そこで写真を撮るためだ。おれと宮内は適当なところで引きあげるつもりだった。七時には泉の母親が、父親候補の男を連れて帰宅することになっていた。いつもならまだ、母親はスーパーで働いているのだが、健太が起きている時刻を見計らったらしい。泉たちと男との初顔あわせだった。プレゼントでポイントを稼ごうとしてる、と泉は読んでいた。

「わたしは図書券だけでいいんだけど」

「弟は？」

「あの子の願いごとは、ずっとパパ。毎年二番目に書いたものをもらってる」

おれの問いに、泉が憂鬱《ゆううつ》そうに答えた。

「健太がいちばんほしがってたパパよ、なんて、お母さんはしゃぐんだろな」

おれたちは黙っていた。泉が手放しで喜ぶ気分じゃないのは、察しがついた。

日ごろおれはスーパーの前で泉と別れるので、三階の子ども広場で遊んでいる健太に会ったことがなかった。エスカレーターであがると、低い柵《さく》で囲まれた、おもちゃ売り場の横のスペースで、何人かの子どもが遊んでいた。大きなブロックや滑り台、またがって乗れる機関車などがあった。泉はそっちへ近づいてキョロキョロし、しゃがみこんで顔見知りらしい男の子に話しかけた。

「健太知らない？」

「お出かけ」

「え？　どこに？」

「サンタさんとこって言ってた」

「それ、いつごろ？」

「うーん、わかんない」

困ったような顔の男の子の頭をなで、ありがとう、と言って、泉が立ちあがった。その表情から、まずいことになっているのがわかった。

「出かけちゃったのか」

「うん」

「サンタさんのとこって？」

「歩きながら話す」

一階におりたとき、宮内が言い出した。

「お母さんに言わなくていいの？」

「余計な心配、かけたくないから」

それだけじゃなく泉は、大切な日に面倒を起こした健太が、母親から叱責《しっせき》されるのを避けたかったのかもしれない。

スーパーを出ると、いっそう雪が降りしきっていた。南へ歩き出した泉に、おれたちも従う。傘をさした通行人が行き交い、歩きにくい。

「どこ行くの」

「駅のむこう」

「西口？」

「そう」

「そっちにサンタがいるってこと？」

おれの質問に泉が質問で返した。

「二人はいつまでサンタクロース信じてた？」

「え？　えーと、割と最近まで」

「ぼくは三年生くらいかな」

「わたしは四歳のとき、正体に気づいた」

おれたちは小さな十字路で足を止め、信号待ちをした。直進して商店街を抜ければ、駅に着く。

「前からおかしいと思ってたの。子どもは世界中に何億もいるのに、一人でどうやって配るんだとか、いつ希望のプレゼントをチェックしに来るんだとか、プレゼント買うお金はどうやって稼ぐんだとか」

信号が青になり、道路を渡った。角のファーストフードショップから、クリスマスソングが流れてくる。ほかの店先にも、オーナメントを飾りつけたツリーが目立った。

「それで四歳のクリスマスイブ、正体を突き止めようと思って、寝ないでずっと待ってたの。そうしたら夜中、寝たふりしてるわたしの枕《まくら》もとに、お父さんがサンタクロースに頼んでた本を置いた。大発見、って感じ。謎《なぞ》が全部解けて、すっきりした」

小さいころから頭よかったんだな。おれは感心した。

「だから今年、サンタクロースはどこに住んでるのって健太に聞かれたとき、筋が通ったお話をつくった」

「どんな?」

商店街の先に、駅前のロータリーが見えてきた。

「サンタクロースは、一人の子どもに一人。兄弟がいたら、まとめて担当する。子どもの数だけサンタクロースがいて、住んでるところはバラバラ。クリスマス以外の期間は働いて、プレゼントを買うお金をためる」

「なんかそれ、親みたいだな」

言ってからおれは気がついた。

「もしかして、西口に住んでるのって……」

「お父さん」

「へー」

おれと宮内は声をそろえた。

「こんな近くに住んでるんだ」

「うん。離婚したばっかりのころ、一度遊びに行ったことがある。駅まで迎えに来てもらって」

「おれ、西口っておりたことない」

「ぼくも」

駅に着いた。おれと宮内はコートから雪を払い落とし、泉は傘を畳んだ。二階に改札がある駅舎は、線路をまたぐ形で建っている。おれたちは階段をのぼり始めた。

「そこ、駅から遠い？」

「だいぶ歩いた気がする。はっきり覚えてないけど」

宮内が心配そうな声を出した。

「健太君、迷子になってないかな」

「平気だと思う。目印が三つしかないから」

改札の前を通り、階段をおりて、西口に出た。泉は東口よりはるかに小規模なロータリーを回りこみ、電光看板がぎらつく路地へ入っていった。おれと宮内もおそるおそる続く。サンタクロースの格好をした若い女が、店々の前に立っている。下はミニスカートとブーツだった。おれたちはひるんだが、泉は物怖《ものお》じせずに話しかけた。

「小さい男の子が通りませんでしたか。わたしと同じ眼鏡をかけてます」

何人目かに話しかけた、鳥の巣みたいなパーマのボーイが覚えていた。

「おお、通った通った。あのちびっ子な」

「いつごろですか」

「二、三〇分前かな」

「すいません、いま何時ですか」

パーマが泉にデジタル時計を示した。おれと宮内ものぞきこんだ。五時半すぎだった。

「サンタさんに会いに行く、って言ってたよ。お前らもお願いに行くの？」

「あの子をさがしに行くんです。弟だから」

パーマがおれたちにメンソールキャンディーをくれた。礼を言って歩き始める。キャンディーを口に入れ、おれは提案した。

「お父さんとこに電話して、弟が行くって言っとけば？」

「お父さんちの番号、知らない。一〇円もないし。お金持ってる？」

「ゼロ円」

「ぼくも」

「きっと途中でつかまるよ」

泉の口ぶりは、自分に言い聞かせるようだった。

ごみごみした路地を抜けたところで、泉が再び傘を開いた。雪が強まり、風も吹き出していた。車道を渡り、民家やマンションのあいだに入る。ほどなく、眺望の開けた丘へ出た。金網が左右に張りめぐらされ、まん中に手すりがある階段が、下の方まで続いている。おれは叫んだ。

「傾いてる！」

「傾いてるね」

宮内も同調した。

殺風景なながめが、傾斜に沿って広がっていた。団地と倉庫が多く、空き地も目についた。遠くへ目をむけると、東西を貫いて川が流れ、南から伸びている川が、ゆるく左に弧を描いて合流していた。東西を流れているのは、おれが住む公団の前の川。別の川と合流しているのは知っていたけれど、見るのは初めてだった。そのあたりが視認できる限界で、川の先は県になるはずだが、まっ暗でなにがあるのかわからない。そこからだと、川はだいぶ下に見えた。おれは、社会科の郷土研究で習ったことを思い出した。西口一帯では昔、地形を生かして棚田がつくられていたこと。開発が進んでからも、しばしば水害に見舞われたこと。資料集には、屋根を残して水没してしまった民家のあいだに、救命ボートが浮かんでいる写真も載っていた。宮内が聞いた。

「どれが目印？」

泉が指を伸ばした。

「ひとつ目はあの池」

泉が指さす先に、大きな池が横たわっている。そのまわりを、黒いかたまりが点在する空き地が囲んでいたが、ところどころに漁《いさ》り火のような炎があるのが不気味だった。

「あの火はなに？」

「わからない」

「なんなの、あそこ」

「五年前は公園の予定地だった」

いまも完成してないんじゃないか、とおれは思った。泉がさらに下を指さした。

「二つ目があの緑地公園」

東西を貫く川からほぼ垂直に、南へ伸びている黒い帯がそれらしい。泉がもっと下を指さした。

「で、あの給水塔が三つ目。お父さんが住んでるのは、その横のマンション」

南北に流れる川の手前に、ワイングラスのようなシルエットがあった。その横の建物がそうだろう。たいして距離はなさそうだが、こういう目測は当てにならない。どこかに健太の影がないかと目を凝らしたけれど、無駄だった。雪と風は強まる一方で、ときおりゴッと吹きつけると、視界が一瞬まっ白になった。

泉をはさみ、並んで階段をおり始める。泉は足もとに目を落とし、健太の足跡をさがしていた。しかし、おおい隠されたのか、それらしいものは見あたらなかった。そのうちあきらめたらしく、泉は顔をあげた。

しばらくして、宮内がダッフルコートのフードをかぶった。思い出してロングコートを脱ぎ、襟の裏に収納していたフードを引っ張り出して、あらためて着た。耳が隠れただけで、ずいぶん暖かい。階段をおりるにつれて、給水塔が見えなくなり、やがて緑地公園が見えなくなった。まっ黒な池の水面は、見え隠れしながらも消えることはなかった。行き交う人はまったくいない。階段の左右には木々が生い茂り、合間から灯火がちらつくものの、ぬくもりは感じられなかった。深夜の雪山をくだっているみたいだった。宮内がまた心配そうな声を出した。

「健太君、ほんとに大丈夫かな。いくつだっけ」

「五歳。来年から小学生」

たった五歳の子にしてみれば、たいへんな冒険に違いない。おれは気分を変えようと、わざと能天気な調子で言った。

「それにしても、絶対サンタが住んでる町には見えないね」

「そこはもう、イメージをふくらませて」

泉もおれと同じ心境だったのか、いつになく明るく応じた。それから、健太にした話をおれたちに聞かせた。こんな話だ。

『サンタクロースのおうち』　泉茜・作

サンタクロースは西の果ての果て、第三地下世界に住んでいる。サンタクロースに会いに行くには、三つの関門をくぐり抜けなければならない。

西の果てを越えると、虚栄の市がある。きれいなセイレーンたちが誘惑してくるけれど、引きこまれたら駄目。

虚栄の市をすぎて真っ直《す》ぐ進むと、見晴らしの丘に出る。そこから見える、第一地下世界の大きな沼を目指す。落ちたものをすべて溶かしてしまう、底なし沼。そばには地獄の番犬、ケルベロスがウヨウヨしている。襲ってくる前に、沼の左側を斜めに突っ切る。

沼をすぎたら、第二地下世界の緑の帯へむかう。茂みに食人鬼《グール》がひそんでいるから、見つからないようにそっと通り抜ける。

そこから先が第三地下世界。西の果ての果てに、天にそびえる聖杯がある。その横のお城、幸福の番号にサンタクロースは住んでいる。

三つの関門を通過してきた子の願いは、なんでもかなえてくれる。ただし、サンタクロースに会ってしまったら、二度とプレゼントをもらうことはできない。

線路が西の果て、ピンク街が虚栄の市という風に、なんの変哲もないものを、ファンタジーの世界に登場するものに置きかえたわけだ。幸福の番号というのは、マンションの707号室のこと。しかし、地獄の番犬とか食人鬼とか、おどろおどろしいものが出てくるのが解《げ》せなかった。そう言ったら、泉が種明かしをした。

「健太がそういうの喜ぶの。それに、気軽に会いに行こうと思われたら困るし。わたしがお父さんと会ったの知ったとき、お母さん、すごく怒ったから」

泉が小首をかしげた。

「急にどうしたんだろ。そんなにお父さんほしがってるようには見えなかったけど。いままでは、今年も駄目だったって、ケロッとしてたのに」

階段の下は平坦《へいたん》な土地だった。ポツポツと民家やアパートがあるほかは、駐車場と空き地ばかりでさびれている。高低差がなくなり、目印の池が見えなくなった。大丈夫？　と不安がる宮内に、進んでいけば必ずぶつかる、と泉が受けあった。歩きながら振り返ってみた。駅周辺の明かりが上の方で輝き、歩き続けるうちに見えなくなった。泉が地下世界という言葉を使った理由が飲みこめた。確かにもぐっていく感覚だった。

住宅街を抜けるといきなり、見渡す限りなにもない空間があらわれた。左斜め前方に、黒々とした水面が広がっている。歩道との境に柵《さく》はないが、そこが公園予定地らしい。ところどころに雑木林がある以外、遊具も施設もない。照明もなく、立ち枯れた影が闇《やみ》に紛れている。足を踏み入れて、漁り火みたいな炎の正体がわかった。ブルーシートでつくった小屋が点在しており、ドラム缶で焚《た》き火をしているのだ。ホームレスが住みついているようだった。しかし、その姿は見あたらない。

「こっち」

さえぎるものがないために、吹雪が勢いを増した気がする。おれたちはぴったり寄り添い、池の方へ歩いていった。積もった雪に足跡をさがすが、やはりそれらしいものはない。池は外周が数百メートルはありそうで、岸辺のいたるところに葦《あし》が密生している。強い風が吹きつけるたびに、水面すれすれまでなぎ倒される。宮内がたまりかねたように言った。

「なんかこわい」

おれも同感だった。健太のことがにわかに心配になってきた。

池のほとりを歩いていると、吹雪にさらわれて切れ切れに、低い音が聞こえてきた。

「なに？」

宮内が怯《おび》えた声でささやいた。

やがてそれは、動物のうなり声に変わり、徐々に大きくなっていった。どこからともなく、わらわらと野良犬《のらいぬ》が集まってきた。三〇匹はいるだろう。野良犬自体めずらしかったたし、群れに遭遇したことなんか一度もなかった。野良犬たちは手足を踏ん張り、敵意むき出しでうなっている。宮内が叫んだ。

「地獄の番犬だ！」

野良犬に囲まれ、池を背にして身動きがとれなくなってしまった。うなり声はどんどん高まり、いまにも襲いかかってきそうだ。おれはロングコートのポケットに手を突っこんだ。ドライバー手裏剣を使おうとしたのだ。だが、急激な動作が引き金になったらしく、囲みの一端が崩れ、何匹かが飛びかかってきた。

「わわわ」

宮内が首からぶらさげているインスタントカメラを両手で持ち、胸もとへ引きつけた。偶然指がかかったのか、カシッと音がした直後、フラッシュが炸裂《さくれつ》した。その瞬間、野良犬たちが動きを止めた。弾《はじ》かれたように飛びのいたやつもいた。べーッと写真が吐き出されると、また身じろいだ。泉が鋭く叫んだ。

「どんどんフラッシュ焚いて！」

宮内が続けざまにシャッターを切った。写真を吐き出す音が響き、舞い散る雪と野良犬が、間歇《かんけつ》的に浮かびあがる。泉が傘をすぼめ、ワンタッチで開いた。バッと開くと同時に、野良犬たちが飛びすさった。再びジリジリ輪をせばめるものの、フラッシュが焚かれ、傘が開くと、動きが止まり、飛びすさる。体が勝手に反応してしまうみたいだった。囲みが破れた隙《すき》をついて、三人で駆け出した。吠《ほ》えながら追ってきたが、飛びかかられそうになるたび、二人が連係プレーで防いだ。池から四、五〇メートルはなれたところで、野良犬たちが突然、追跡をやめた。おれたちに関心を失ったように、くるっと尻尾《しっぽ》を向け、バラバラに闇の中へ散っていく。縄張りをはずれたのかもしれない。それでも警戒を解かず、背後を気にしつつ足早に進んだ。もう平気だと思えるところまで来て、ようやく息を吐いた。

「あ、そうだ」

宮内が足を止め、ファインダーをのぞかずにシャッターを押した。なに？　とたずねたおれに、宮内が出てきた写真を見せた。

「このカメラ、デート機能がついてるの。ほら、ここ」

おれと泉は額を寄せた。宮内が指さしている写真の右下に、「17：58」と写しこまれていた。おれは思わず声をあげた。

「もうこんな時間」

「急がなきゃ」

泉が言った。

七時には泉の母親と男が帰ってくる。あと一時間しかなかった。しばらく進むと、巨大な倉庫が建ち並んでいるのが見えてきた。倉庫の屋根はだんだんに低くなっている。公園予定地が終わり、また傾斜が始まるのだ。歩道に出る寸前、宮内がすまなそうに言った。

「ごめん。ちょっといいかな」

宮内は公衆トイレを指さした。おれもさっきから我慢していた。泉がうなずいた。

「ここで待ってる」

公衆トイレには窓がなく、風は吹きこまなかったけれど、タイルの床から底冷えした。照明が切れていたが、表から射《さ》しこむ雪明かりで、そんなに暗くない。隣で用を足している宮内が、話しかけてきた。

「変だと思わない？」

「なにが」

「あの丘越えてから、ぜんぜん人に会わないなんて」

「この天気だからな」

「お話の世界に迷いこんでたりして」

「まさか」

水道は通《かよ》っており、水は流れた。鏡の前で手を洗っているとき、おれは発見した。

「宮内」

「なに？」

「これ」

洗面台の下にある、プラスティック製のゴミバケツから包装紙をつまみあげた。駅前でパーマがくれた、メンソールキャンディーのものだ。

「健太もきっと、ここに来たんだ」

待っていた泉にそれを見せた。泉もおれの考えにうなずいた。

公園予定地を出、坂の上に立った。道は一〇〇メートルほど先で、黒い帯を突っ切っている。そこが緑地公園だろう。吹雪に加えて街灯の数が少なく、その先の様子はわからない。健太が前方を歩いていたとしても、五歳児の小さな姿には、相当近づかないと気づきそうになかった。

しかし、右側の歩道を調べていて、健太のものらしい足跡を見つけた。上から雪が載っているものの、浅く踏み抜かれた跡に間違いなかった。状態からして、あまり時間はたっていないようだった。何度か大声で名前を呼んだが、風の吹きすさぶ音がするだけで、返事はない。それでも、やっとつかんだ手がかりに、おれたちは活気づいた。

泉、おれ、宮内の縦隊になり、片手でガードレールをつかんで歩き出した。傾斜はそれほどきつくないが、雪に足が沈み、歩きづらい。こういう場合、体重が軽い方が有利なのかもしれない。うつむいて足跡をたどる泉に続きながら、横に目をやる。閉ざされたゲートの向こうに、整然と倉庫が並び、大型トラックが何台もとまっている。流通センターか、卸売市場のようだった。ゲートのそばに発泡スチロールや、ダンボールが積み重ねてある。荷物をおさめるのに使用したんだろう。広い敷地内はまっ暗で、人の気配はまったくなかった。車道の雪はまっさらで、車の行き来も途絶えていることを示していた。

緑地公園に出た。公園は中央分離帯のように道路を分割し、南北にずっと伸びている。背の高い灌木《かんぼく》と石のベンチのほか、遊具らしいものはない。緑地公園がある道路は踊り場にあたり、その先は急勾配《きゅうこうばい》になっている。坂の左右には団地が建ち並んでいるが、そこは平らな土地なので、坂のピークからは数メートルの落差があった。団地越しに給水塔の上部が見えた。そのむこうの黒い壁が、川の堤防だろう。左に曲がる坂を道なりに行けば、三分とかからずに着けそうだった。

ところが、緑地公園を横切ろうとして、障害に出くわした。灌木の根方に、人影が三つうずくまっていたのだ。

一人は赤いモヒカンで、眉毛《まゆげ》がなかった。もう一人はニットキャップを目深《まぶか》にかぶり、マスクをしていた。三人目は女で、さびたような髪の色だった。そいつらの足もとには缶ビールが何本も転がり、おまけに強烈なシンナーのにおいがした。モヒカンが鈍く光る目を向けてきた。

「あ?」

立ちすくんでいたら、三人がフラフラと立ちあがった。全員ドカジャンを着ており、やたらいかつく見える。

「しょ、食人鬼」

宮内がおれの背中にしがみついた。

「ガキがこんな夜中に、なにしてんだ」

モヒカンが舌足らずな口調で言った。まだ七時前なのに、ラリってわからなくなっているらしい。

「弟をさがしに行くんです」

「おとうとぉ？」

「小さい男の子が通りませんでしたか」

「知るか」

女も顔をあおむけ、知るかっ、とわめいた。ニットキャップはコーフーコーフーと、こもった呼吸音を漏らしている。

「教えてほしかったら、教え賃払え」

モヒカンの言葉に、女がヒャッヒャッと笑った。泉がきっぱり言った。

「わたしたち、お金持ってません」

「金がねえ？」

モヒカンがおれの背後にドロンとした目をむけた。ヒッと小さく声があがった。

「いいもん持ってんじゃねえか。それでいいや」

モヒカンがおぼつかない足どりで近づき、手を伸ばした。宮内はあとじさり、インスタントカメラを抱えこんで、かぶりを振った。おれはロングコートのポケットに手を入れ、ドライバーセットの蓋《ふた》をはずした。刃先に触れたもののためらっていたら、泉が大声を出した。

「やめてください！」

「こういうガリ勉タイプ、すっげえムカつく」

女の目が細くなった。ニットキャップは相変わらず、コーフーコーフーと呼吸音を漏らしている。

おれは覚悟を決めた。刃先をつまんで引っ張り出したドライバーを、掌《てのひら》の中で回転させ、敬礼するように振りかざす。

「やめろ！」

モヒカンが剣呑《けんのん》な表情を浮かべた。

「あ？」

「泉、行け！」

おれが叫ぶと、泉は一瞬遅れて走り出した。えっ、とおれは思った。おりてきたばかりの坂道を、駆けのぼっていったからだ。女があとを追おうとしかけ、すぐにやめた。アルコールとシンナーのせいで、しんどかったのかもしれない。

おれは連中と対峙《たいじ》したまま、動かなかった。正確に言うと、動けなかった。いちばん近いモヒカンとの間隔は、二、三メートル。風があっても、はずす距離じゃない。でも、おれはこわかった。矢島の太股《ふともも》にドライバーを突き立てた感触は、いまだに生々しかった。

「調子こいてると、殺すぞ」

モヒカンがジリジリ近寄ってきた。おれは後退し、宮内にドンと突きあたった。そのままじゃ引き手がとれない。どけ！　と怒鳴った瞬間、モヒカンがさらに迫ってきた。間合いをつぶされ、あわてて握りを変えた。伸ばして添えていた人さし指と中指を畳み、刃先を上にして、拳《こぶし》の中に握りこむ。こうなったらもう、刺す以外に攻撃手段はない。目をつぶってドライバーを突き出そうとしたとき、パトカーのサイレンが聞こえてきた。

「やべえ！」

女が叫び、振りむきざまに逃げ出した。ニットキャップはその前に逃げていた。次は殺す、と言い捨て、モヒカンもあとを追った。その間《かん》もサイレンの音は近づいてくる。三人は蛇行しながら南に走り、二〇メートルほど行って、右側に姿を消した。構内へおりる階段があったらしい。

「助かったー」

宮内が長々とため息をついた。サイレンがいっそう大きくなる。おれにはそれが、泉の効果音だとわかっていた。ただ、いやに接近するスピードが速いと思って見たら、泉はダンボールをそりにしていた。縁《へり》を両手でつかみ、その脇《わき》に膝《ひざ》を立てて、滑りおりてくる。

「もう大丈夫だぞー」

そう叫ぶと効果音はやんだが、減速せずにおれたちの前を通過していく。宮内がつぶやいた。

「泉さん、止まれないんじゃ……」

この下は急勾配で、しかも左右にガードレールがない。坂から転げ落ちたら、怪我《けが》をしかねない。

「横、横に転べ！」

おれの声が聞こえたらしく、泉はダンボールのむきを変え、横倒しになった。雪煙があがり、ダンボールだけザーッと斜めに滑って、坂から落ちた。泉の体はズルズル滑り、しばらく行って止まった。駆け寄ると、周囲を手さぐりしていたので、落ちている黒縁眼鏡を拾いあげ、雪を払って渡してやった。宮内が声を弾ませた。

「泉さん、かっこよかった！」

「傘、なくしちゃった」

泉が眼鏡をかけながら言った。

「どうする？　とりに戻る？」

「ううん、いい」

泉がコートから雪を払って、立ちあがった。

「行こう」

モヒカンはああ言ったけれど、坂には健太のものらしい足跡が確認できた。まだそんなに雪をかぶっていない。大声で名前を呼んだが、やはり返事はなかった。おれたちは転ばないように、そっくり返って坂をおり始めた。ピンチを切り抜けた興奮からか、宮内は饒舌《じょうぜつ》だった。

「やっぱりここ、泉さんのお話の世界なんだよ。地獄の番犬もいたし、食人鬼もいたし」

「ただの野良犬《のらいぬ》と、不良じゃん」

「違うってば。ほら、映画もそうだったじゃない。クリスマスには奇蹟《きせき》が起こるんだよ。この分だとほんとに、マンションにサンタクロースがいるのかも」

「健太、お父さんの顔を知らないの」

泉が気づかわしげに言った。

「お父さんも健太に会ったことないし」

「別に平気だろ」

「うん、そうだけど」

泉は考え深そうな顔をしていた。

「お父さん、幼稚なとこがあるから」

坂をおり、平坦《へいたん》な道に出た。目の前の堤防は、見あげるような高さだった。ゆるやかな斜面が、すっぽり雪におおわれている。川の音がよく聞こえる。公団の前の川とは違い、流れが激しいらしい。左手に民家や工場が続き、その横に目指すマンションが建っている。脇にある給水塔は、びっくりするくらい大きかった。

おれたちは堤防に沿って歩き出した。ほどなくその上に、雪の載った鳥居みたいなものが突き出ているのに気がついた。太い丸太が組みあわさっているようだった。

「なにあれ」

「この川は日本でいちばん古い運河なの。あれは水をせき止める門。閘門《こうもん》、っていうんだって」

泉の説明を聞いて、郷土研究の授業を思い出した。パナマ運河と同じ構造だ、と習った覚えもあった。

マンションに到着した。開きっぱなしのエントランスから、中に入る。天井の蛍光灯がすすけて薄暗い。右が郵便受け、左が駐輪スペース、正面がエレベーターホール。

郵便受けの下にはチラシが散乱し、乱雑に置かれた自転車は、ところどころで斜めに倒れかかっている。エレベーターは二基あり、ひとつが降下中で、もうひとつは一階に停まっていた。乗りこんで泉が最上階のボタンを押した。だいぶ老朽化しているらしく、ケーブルがきしむような音を立てた。

エレベーターをおり、外廊下へ出た。右側に鉄のドアが並び、左側は窓のはまった壁だ。泉のあとについて歩く。707号室は端から二番目だった。

「なんだ、もう行って来たのか」

泉が一〇回以上チャイムを鳴らして、やっとドアが開いた。出てきたのは若い男だった。整った顔立ちだが、寝乱れたような頭で、よれたTシャツにトランクスしか身につけていない。室内からムッとするような空気とともに、アルコール臭が押し寄せた。男はひと目で分かるほど泥酔《でいすい》していた。

「おお、茜じゃねえか。今夜は千客万来だなー」

だれー？　と呼びかける間延びした女の声に、おれの娘ーと男が首をねじ曲げて答える。泉が早口で言った。

「健太来なかった？」

「ああ、来た来た」

「いまどこ？　中？」

「んー、表」

「帰したの？」

「じゃなくて」

男がヘラヘラ笑った。

「試練を与えた」

「どういう意味？」

男が笑み崩れた。

「関門を通過してお願いに来た、とか、わけわかんないこと言ってっからさー。ついでにもうひとつ、試練を与えた」

「なにさせたの」

ねー、と女が呼びかけた。ちょっと待ってってー、と男が応じる。

「ねえ、なにさせたの」

「そんなこわい顔すんなよ」

男が泉の肩を叩《たた》いた。

「前の川に丸木橋がかかってんだろ？　あれ渡ったら、願いかなえてやるって」

閘門のことだとピンと来た。おれと宮内は壁の窓に張りついた。が、暗くてなにも見えない。泉が悲鳴みたいな声をあげた。

「なんで⁉」

「だってさー」

男が得意げな顔をした。

「男はやっぱ、冒険だろ。人生、冒険しないとさー」

泉がものも言わずに駆け出した。宮内もあわただしくあとを追う。おれは男をにらみつけた。

「この」

ひさびさにブラック・ジャックの口を借りて、大声で怒鳴った。

「三文バカのトンチキのハナッタレ！」

第一七一話、『御意見無用』だ。女の呼び声と、男の笑い声を背に、おれもエレベーターへ駆けこんだ。

エントランスを飛び出し、三人で走った。泉は狂ったように健太の名前を呼んでいる。健太を救えるとしたら、森塚小最速のおれしかいない。

「止めてくる！」

極端な前傾姿勢をとり、ピンと伸ばした両腕を後方へ投げ出すように振った。足場は悪いが、幸い追い風だ。おれは上下の唇を巻きこんで噛《か》み、低くうなった。

「んー」

風にかき消され、泉の叫びが届かなくなったころ、乱れ飛ぶ雪の中、堤防の上に小さな人影が見えてきた。閘門の前で立ちすくんでいる。健太だ。

「んー」

堤防の裾《すそ》にたどり着いたとき、健太が両手を広げ、閘門に足を踏み出した。流れの早い川に落ちたら、溺《おぼ》れてしまう。水につかっただけで、心臓が止まるかもしれない。おれは懸命に斜面を駆けあがった。ありったけの力を振り絞ろうと、無意識にブラージットの効果音を叫んだ。

「シャー！」

てっぺんに達すると同時に、三つのことが起きた。

すさまじい突風がうしろから吹きつけた。健太がバランスを崩し、大きくのけぞった。健太をつかまえようとした左手が空《くう》を切り、おれは宙へ飛び出した。堤防は垂直に切り立っており、足もとにはなにもない。一〇メートルほど下は、波立つ川面《かわも》だ。しまった、と思ったけれど、もう遅かった。天地が引っくり返り、川へまっ逆さま。

死に直面すると、生涯を走馬灯のように回顧するというのは本当だった。おれは、人生のありとあらゆる場面を見た。一生にかかわった人たちが、入れかわり立ちかわりあらわれた。

一度しか会ったことのない人がいた。江淵小のみんながいた。母親もいた。やがて、おれの目の前は、ブラック・ジャックの姿で占められた。おれはだれといるより長く、ブラック・ジャックと一緒にすごしてきたのだ。

オペをしている。トイレでしゃがんでいる。カレーライスを食べている。机を叩いて、くやしがっている。それらの映像がスーッと遠のき、抜けるような空の下、崖《がけ》の上にポツンと建つあばら家があらわれた。ブラック・ジャックがピノコと暮らす家だ。扉が開き、二人が出てきた。ブラック・ジャックは黒ずくめで、ピノコは赤いリボンと、赤いスカートを身につけていた。ブラック・ジャックがゆっくり顔をあげた。憧《あこが》れてやまなかった冷たい三白眼が、そのとき、確かにおれを見た。

「ここは、お前さんの来るところじゃない」

初めて聞くのに、なぜか懐《なつ》かしい。視線をそらさず、ブラック・ジャックが言った。

「人生はこれからだ」

すぐにわかった。第一一三話、『奇妙な関係』。おれだけのために、その言葉を口にしてくれたんだと思った。なにか言いたくてたまらなかったけれど、その前にブラック・ジャックは、背中をむけて歩き出していた。チラッと見えた横顔は、口もとが微《かす》かに笑っていた気がする。跳ねるような足どりでピノコが続く。扉の前で振り返り、笑顔で手を振った。ピノコがぴょんと飛びこむと、扉が閉まった。クロオ、まだだよ。パチッと泡が弾《はじ》けるように、頭の中に覚えのある声が響き、突然グングン引きあげられた。崖の上のあばら家が、小さな点になり、あっという間に消えた。クロオの居場所はあっちだろ。さっきの声が再び響き、またな、とつけ加えた。声が遠のくとき、二人で遊んだ土手のにおいがしたのは、彼女が送った挨拶《あいさつ》だったのかもしれない。その直後、ブルーブラックの光に包まれた。それは少しずつ明度をあげ、耐えられないほど強まっていった。この世のものとは思えないまばゆさに、なにも見えなくなる。

そして、次の瞬間。

おれは堤防のてっぺんにいた。すさまじい突風がうしろから吹きつけ、健太がバランスを崩し、大きくのけぞった。思い切り伸ばした左手が、辛《かろ》うじてオーバーの袖《そで》をとらえた。引き寄せる勢いのまま、右に倒れる。健太を抱きかかえ、斜面を転がり落ちた。積もった雪のお陰で痛くなかった。おれはがばっと上体を起こした。見ると健太は、全身を硬直させ、きつく目を閉じていた。両方の拳《こぶし》まで固く握りしめている。

「健太、健太」

揺さぶるとパチッと目が開いた。泉に似た涼しい瞳《ひとみ》だった。

「お兄ちゃん、だれ？」

「おれは」

転校初日、ブラック・ジャックだ！　と名乗ったのを思い出した。しかし、ブラック・ジャックはあの家で、ピノコと生きている。ブラック・ジャックは世界に一人しかいないし、おれもそうだ。

「……織田和也。お姉さんの友だち」

「知ってる！　お姉ちゃんがよく話してる！」

すっ飛んだ黒縁眼鏡を見つけて健太にかけさせたとき、泉と宮内が駆け寄ってきた。泉はいきなり健太を抱きしめた。おれは宮内に抱きしめられた。

「すごかったすごかったすごかった！」

さっき起きたことを話そうとしかけ、結局やめた。正気を疑われそうだったし、自分だけわかっていればいいと思ったからだ。

抱きしめられたまま、健太が言った。

「ごめん、お姉ちゃん。サンタさんにお願いできなくなった」

泉が健太の肩に両手をかけ、顔をのぞきこんだ。

「なんでこんなことしたの」

「お姉ちゃん、言ってたでしょ。引っ越すのがやだって」

健太は申しわけなさそうだった。

「ほんとのお父さんがいれば、ここにいられると思って」

泉が健太を抱きしめ、ワーッと泣き出した。つられたように健太が泣き出し、宮内も泣き出した。

みんな泣きやんでから、宮内がおれたちにインスタントカメラを向けた。

「あと二枚しかない」

鼻声で言い、シャッターを切る。出てきた写真に額を集めた。右下に「18：22」と写しこまれている。母親たちが帰ってくるまで、三〇分強。

おれたちは来た道を逆にたどり始めた。緑地公園の道路に出たところで、ジャンジャンという音が聞こえてきた。なんだろうとあやしんでいたら、南から徐行運転でタクシーがやって来た。幽霊タクシー、と宮内が怯《おび》えたように言った。おれも薄気味悪かったが、構わず泉が手をあげた。

「え、乗るの」

「そうしないと間にあわない」

「すごく高いんじゃない？」

おれたちはだれもタクシーに乗ったことがなく、一〇〇〇円でどこまで行けるか見当がつかなかった。

「大丈夫。家に行けば、へそくりがあるから」

「そっかー」

泉の口ぶりが確信に満ちていたので、おれと宮内はわけもなく納得した。

四人で後部座席に乗りこむと、ごま塩頭の人のよさそうな運転手がこっちを見た。

「どこまで」

「森塚小学校の裏まで、お願いします」

「森塚小って言うと、東口？」

「はい」

「了解」

タクシーが動き始めた。タイヤに巻かれたチェーンが、規則的な音を立てる。車内は暖房がきいており、徐々に緊張がほぐれていく。隣に座る泉の体温を意識しつつ、おれはちょっと不満だった。泉の効果音や宮内のインスタントカメラに対し、ドライバー手裏剣はまったく役に立たなかった。それがおもしろくなかったのだが、丁字路に差しかかったとき、突然出番が来た。エンジン音が消え、タクシーがガクンと停まってしまったのだ。

「あちゃー。工具ないと、なおせねえや」

エンジンルームに首を突っこみ、運転手がぼやいた。

「ドライバーが二、三本あれば、チャッチャッと修理できるんだけどなあ」

「あるよ」

おれはがっかりして、ドライバーセットをとり出した。運転手が浮かれた調子で叫んだ。

「おお、黒いサンタクロース！」

プラスドライバーがなくて多少手間どったものの、エンジントラブルは解決した。走り出すと目的地までは早かった。坂をのぼり切り、平地に出たと思ったら、踏切を渡って、もう見慣れた森塚小の裏道だった。いつの間にか雪がやんでいた。左折して、都営団地の構内に入ったところで停めてもらった。パネルのデジタル時計は、「18：50」。メーターは一回あがっただけで、一〇〇〇円でお釣りが来た。それを受けとり、泉が宮内に話しかけた。

「カメラ貸して」

「え、いいけど」

「運転手さん、写真撮ってくれませんか」

そう言えば今日、一度もみんなで写っていなかった。運転手が気軽に引き受けた。

「お、最後の一枚か、失敗できねえなー。はい、寄って寄って」

運転手はおれたちを、雪をかぶったプラタナスの前に立たせた。

「じゃあ行くぞー、はい、トーフ！」

なんだそれ、と思った瞬間、シャッターがおりた。健太一人が笑顔で、おれたちはポカンとした顔で写真におさまった。


卒業式のあと。片づけが終わり、六年四組しかいなくなった体育館で、アメリカンが宣言した。

「これより、プロムを開催する」

「プロム？」

事情が飲みこめないおれたちに、アメリカンが説明した。

「アメリカのハイスクールじゃ卒業式のあと、目いっぱいドレスアップして、好きな相手と踊るんだ」

「えー⁉」

口々にあがる叫びを無視して、アメリカンが舞台脇《わき》のドアへむかい、間もなく中二階のブースに姿をあらわした。スピーカーから声が響く。

「さあ、好きな相手にダンスを申しこめ。ご機嫌な曲かけるから、みんな踊れ！」

三週間後には全員、同じ中学校へ入学する。だれを好きかなんてばれたら、三年間、恥ずかしい思いをすることになる。でも、その中に泉はいない。おれは意を決して、泉の前に立った。

「踊ってくれませんか」

いっせいにはやし立てられたけれど、気にしなかった。泉がうなずき、黒縁眼鏡をワンピースのポケットにしまって、おれが差し出した手に、自分の手を添えた。スピーカーから音楽が流れ始める。アメリカンがあおるので、しぶしぶといった感じでペアができあがっていった。アメリカンはいい教師だから、従わざるを得なかったんだろう。内心、喜んでいるやつもいたかもしれない。

一度、宮内と交替した。宮内は卒業式の最中から泣き通しだった。再び泉の手をとったとき、音楽が変わった。泉が涼しい目を上へむけた。

「わたし、この曲好き」

「なんて曲？」

「君の瞳に恋してる」

あんまり泉にぴったりで、胸が苦しくなった。ぎこちなく踊り出し、思い切って言った。

「いままでごめん。ずっとつきまとって」

泉がかぶりを振った。

「そんなことない。今日も誘ってくれて、うれしかった」

「……ほんと？」

「誘ってくれなかったら、わたしから誘うつもりだった」

「ほんと⁉」

泉がニッコリうなずいた。おれは思わず叫んだ。

「わあ！」

両手をしっかりつなぎ、クルクル回った。おれはずいぶん背が伸びて、もうロングコートの裾《すそ》は踏んづけなかったけれど、そのうち目を回して尻餅《しりもち》をついた。おれの上に倒れかかった泉が、声を立てて笑った。泉を見あげて、おれも大声で笑った。二人で立ちあがり、また回った。回っては尻餅をつき、そのたびに笑った。

ひさしぶりにそれと対面したのは、ローンを組んでようやく購入したマンションの一室で、小さなダンボール箱を開けたときだ。

背を見せて、二五巻がぎっしり詰まっている。一冊引き抜き、手にとった。薄いブルーの表紙はよれ、ページは黒ずみ、けば立っている。引っ越すたびにいろんなものを処分したけれど、これだけは手ばなさなかった。

窓から射《さ》しこむ夕陽を浴びて、産毛《うぶげ》を金色に輝かせた娘がチョコチョコ入ってくる。持っているのをせがんだから渡してやると、興味津々《しんしん》といった顔つきで、表紙に見入った。

「白黒でツギハギ！」

そう叫び、真っ直《す》ぐな視線をむけてきた。

「この人、だれ？」

おれは娘の髪をクシャクシャなでた。

「その人はね、ブラック・ジャックっていうんだ」

「ブラック・ジャック⁉　悪者の名前だ！」

足をハの字に開き、床にペタンと腰をおろして、娘がページを繰っていく。うつむく真剣な顔をながめながら、自分の頬がゆるんでいるのがわかる。

あれから、いろんなことがあった。

結婚したのは六年前。二年後に娘が生まれた。父親は、嫁の顔も孫の顔も見ずに、世を去ってしまった。最後の言葉はなぜか、戸締まりしろよ、だった。

式に招待するために連絡をとり、一四年ぶりに宮内と会った。泉は式に呼べなかった。その前にガンで亡《な》くなっていたのだ。おれたちは二人とも下戸《げこ》なので、ウーロン茶とジュースでひと晩語り明かした。宮内は旋盤工になっていた。

おれは高校を卒業してから文章を書き始め、マンガの原作者になった。泉のように脚光を浴びたことはないが、親子三人で暮らしていける収入はある。

ページを繰る娘の手が止まった。うしろからのぞき、理由が飲みこめた。登場したピノコに目を奪われているのだ。ろくに字は読めないのに、ピノコが動くだけで楽しいらしく、ケラケラ笑っている。完全にその世界に入りこんでいた。

ふと、ページの合間から、引きずるようなロングコートを着て走り回る、自分の姿が浮かびあがる気がした。あのころのおれは娘とは違い、字を読んで台詞《せりふ》を追える年齢になっていた。暗記するまで読みこみ、なんでもわかっているつもりだった。世の中のことも、人の気持ちも。理不尽としか思えないできごとが、ときには起きてしまうことまで。

もちろん、おれはまだ子供で、わかったつもりだった事柄を、ひとつひとつ学びなおさなきゃならなかった。それには長い時間がかかったけれど、どれだけ大人になれたのか、本当はいまだに心もとない。

移り住んだ町を母親と歩き、人生の出発点に遡《さかのぼ》った日、二人で交わした会話を、おれは何度も思い返してきた。なぜおれの前からいなくなってしまったのか、いくら考えても納得できる答えは出せなかった。きっと、これからもそうだろう。ただ、母親が、笑ってすごせる日が多かったなら、それでよかったといまでは思える。そのくらいには成長したと言えるのかもしれない。

「うわ」

娘が悲鳴をあげた。オペのシーンが大写しになったページを開いたのだ。第一二六話、『土砂降り』。とっさにそう思い浮かび、ちょっと苦笑する。血まみれのコマから目をそらさないのを見て、さすがおれの娘、と感心していたら、期待はずれなことを言い出した。

「やっぱり悪者だ、ズバズバ切ってる！」

「そっか」

おれは再び苦笑した。

そのあとの展開はすべて覚えている。体が弱く、オペに耐えられなかった清水きよみが、ブラック・ジャックへの恋心を遺言に託す。するとブラック・ジャックは、クールな仮面をかなぐり捨て、死ぬと思うな！　なんとか生きるんだ！　と叱咤《しった》するのだ。

ひとつ、はっきりしている。永遠に続く命が、どう形を変え、どこへむかうのか、おれにはわからない。わかる必要もないということだ。めぐみが言ったように、ここがおれの居場所だから、いられなくなるときまで、精いっぱい生きるだけだ。いつか、ここことは違うどこかで、懐《なつ》かしい人たちに会えるのを夢想しながら。

「また！」

娘がとがめるような声を出した。オペを再開したブラック・ジャックに憤慨しているらしい。興奮した目をむけてくる。

「切ってばっかり、モンダイだ！」

愛《いと》しい命をずっと見守りたい。

おれはもう一度、絹みたいにやわらかな髪をクシャクシャにした。

主要参考文献

『ブラック・ジャック』全巻　手塚治虫　（少年チャンピオンコミックス）
『ブラック・ジャック「90・0%」の苦悩』　豊福きこう　（秋田文庫）
『ブラック・ジャック完全読本』　（宝島社）
『ザ・古武道』　菊地秀行　（光文社文庫）

解説「お仲間発見」

鈴木光司

本作品は、第十九回日本ファンタジーノベル大賞優秀賞受賞作である。解説を書く機会に恵まれたのは、選考委員のひとりとして、この作品を高く評価した結果であると思う。実に光栄なことだ。

五年前にぼくが書いた選評の一部は、以下の通りである。

「男の子はだれしも十歳の頃、他人からみればくだらないと思われるものに没頭することがある。漫画のキャラクターや、強いプロレスラーに憧《あこが》れる。架空のヒーローを真似《まね》つつ、やがて成長して、自我を確立していく物語は、読後に爽快感が残った。理由をうまく説明できないが、ぼくはこの作品が好きだ」

正直な気持ちであった。理由をうまく説明できないけれど、好き、というのは相当な褒め言葉だと思う。恋も同じである。恋人から、「あなたはお金をいっぱい稼ぐから好き」と言われるより、「理由はよくわからないけど、あなたが好き」と言われるほうが、よほど嬉《うれ》しいと感じるはずだ。

しかし、ここは作品解説のためのページである。曖昧模糊《あいまいもこ》とした好感の出所を、客観的に分析して読者のみなさんに提示するのが、ぼくの役目となる。

『ブラック・ジャック・キッド』は、そのタイトルからもわかるように、手塚治虫氏の名作漫画『ブラック・ジャック』に憧れる少年を主人公とする。

『ブラック・ジャック』は、医師を主人公とする漫画の先駆的作品で、一九七三年から七八年まで「週刊少年チャンピオン」に連載された。おそらく、この期間、小学生であった久保寺さんは、夢中になって読んだに違いない。そして、医師免許を持たない天才外科医、ブラック・ジャックの孤高かつクール、それでいてヒューマンな行動に、崇拝の念を抱いた。

普通、冒頭の一行には、小説のエッセンスが凝縮されているものだが、この作品も例外ではない。「ブラック・ジャックになりたかった」という書き出しには、見事に全体の構造とテーマが内包されている。「ブラック・ジャックのように」ではなく、「本当に、ブラック・ジャックになりたかった」という主人公の願望が、冒頭から溢《あふ》れ出る。紛《まご》うことなく、作者本人の願望であろう。作者の久保寺さん自身、医師を目指した時期があると、容易に想像がつく。

ぼく自身、似たような経験があるからわかるのだ。いや、男ならだれしも、心のうちに偶像を作り、その行動形態を真似たという経験を持つのではないか。十歳頃のこと、ぼくは、クラスに蔓延《まんえん》するいじめを静かに観察していた。そして、傍観するほどに、孤独感が膨れ上がり、不安に苛《さいな》まれる結果となった。いじめの被害が自分に及んで、孤立したというわけではない。いじめる側の心理がさっぱりわからなかった。自分の心の機能が、周りの仲間たちと異なるのではないかと怯《おび》えたのだ。

小学生当時、いじめの対象は特定の女の子に固定されていた。クラスメートたちは、彼女が近付くと、「ばい菌」「きたない」と囃《はや》し立《た》てる。いじめられっ子の辛《つら》そうな顔を見るたび、ぼくの心には悲しみが流れ込むので、いじめはできなかった。しかし、普段から仲良くしているクラスメートたちのほとんどは、いじめに荷担している。つまり、彼らの心には悲しみが流れ込んでいないことになる。どうやら、ぼくの心の作用は周りのみんなと異なっているらしい……。

今ならば、人と違うということは大きな勲章であり、むしろ自慢気に語ることができる。特に、表現者であれば、個性をより際立《きわだ》たせたいと望んで、誇張する傾向を持つ。

しかし、小学校の四年当時、クラス中を見渡して、自分だけ世界の見え方が違うという認識は、恐怖に直結するものだった。

子どもは、他者と比較してその距離感をはかりつつ、自我を確立する。他者との大きな違いが意識されれば、芽生えたばかりの自我が、不安のあまり震えてしまう。

まさにそんなとき、ぼくは憧れの人物と出会うことになった。

明日までに読んでくるようにと、クラスの全員に宮沢賢治の伝記が配られたのだ。子ども向けながら、世界偉人全集の一巻をなす分厚い本である。あっという間に読了し、感動とともにぼくが得たのは、安心であり、喜びであった。伝記の中には、小学生の賢治がいじめを目撃したエピソードの記述があった。いじめられている少女との関わりかた、心の動きかたが、自分とそっくりであることを発見し、おこがましくも、ここに仲間がいると快哉《かいさい》を叫んでいた。自分ひとりが異質でないことがわかり、渾然《こんぜん》一体とした不安や恐怖がすっと振り払われていく気分だった。おまけに宮沢賢治は偉人伝となって名を残す人物である。不安の解消はそのまま自信へとつながっていった。久保寺さんが、「ブラック・ジャック」に憧れたように、ぼくは宮沢賢治に憧れ、価値観を共有する心の友とした。

宮沢賢治を真似て詩を書き始めるようになったのは、ごく自然な流れだった。

ぼくが今、小説家としてあるのは、宮沢賢治と出会えたおかげである。もし、十歳当時に憧れたのがスポーツ選手や音楽家であったなら、作家以外の道を目指していた可能性なきにしもあらずだ。

しかし、いくら宮沢賢治に憧れたからといって、ぼくは賢治そのものになれるわけではない。彼の行動を真似、エッセンスを学び、薫陶《くんとう》を受けつつも、独自の自我を確立して、他の何ものでもない「鈴木光司」にならなければならない。

『ブラック・ジャック・キッド』を読んで、ぼくは久保寺さん自身が成長する過程を垣間《かいま》見たような気分になった。

当初、「あなたはだれ?」と訊《き》かれ、「ブラック・ジャック」と答えていた主人公は、ラストで、「織田和也」と本名を名乗る。候補作として読んだときも、今回も、このシーンにぐっときた。少年からの脱皮、成長の萌芽《ほうが》が、うまく表現されていて、爽やかな感動を覚えるのだ。

時を経て、ブラック・ジャックに憧れた少年は大人になり、結婚して娘をもうけ、マンガ原作者として生活の糧《かて》を得るようになる。

久保寺さんは、ブラック・ジャックへの憧れを、作者である手塚治虫氏にシフトさせていった。いつか自分も、読者を虜《とりこ》にする物語の書き手となりたいと願った。

小説家として、久保寺さんの現在《いま》があるのは、ブラックジャックというヒーローを産み出した手塚治虫氏のおかげである。

なぜ、本作品が好きなのか、自分でもようやくわかりかけてきた。宮沢賢治という文芸の先輩と出会い、「ここに仲間がいる」と快哉を叫んだと同質の感情が、後輩の作品によって喚起されたのだ。

「好き」という感情は、仲間を発見したときの喜びに近い。

今度、どこかで久保寺さんにお会いしたら、肩を叩《たた》いて、こう声をかけよう。

「よう、同類！」

言われて、喜ぶか、迷惑がるか、さて、どちらだろう。まずは困惑の表情を浮かべるに違いない。

（平成二十三年四月、作家）

この作品は平成十九年十一月新潮社より刊行された。

ブラック・ジャック・キッド

新潮文庫　く－40－1

平成二十三年六月一日発行

著者　久《く》保《ぼ》寺《でら》健《たけ》彦《ひこ》

発行者　佐藤隆信

発行所　株式会社新潮社

郵便番号　一六二―八七一一
東京都新宿区矢来町七一
電話　編集部(〇三)三二六六―五四四〇
読者係(〇三)三二六六―五一一一
http://www.shinchosha.co.jp

価格はカバーに表示してあります。

乱丁・落丁本は、ご面倒ですが小社読者係宛ご送付ください。送料小社負担にてお取替えいたします。

印刷・株式会社光邦　製本・株式会社植木製本所

ISBN978-4-10-135466-8 C0193